Ю-ю

Избранные рассказы

А. И. Куприна

作家ブーニンに贈られたクプリーンと愛犬サプサンの写真。
「A. クプリーンとサプサンより愛を込めて」と記されている。

猫のユーユー

クプリーン短編選

サブリナ・エレオノーラ
豊田菜穂子
共訳

群像社

目次

犬の幸せ　9
僕はサプサン　22
バルボスとジュリカ　30
猫のユーユー　36
ゾウさんのお見舞い　56
ピアノ弾きの少年　74
奇跡の医師　93
哀れな王子さま　106

青い星　118
黄金の雄鶏　138
百年に一度の花　144
幸福とは　152
生きるって　クリスマスのお話　157
訳者あとがき　164
作品解説　168

もの憂い冬の日を
春に変えたくなったなら
クプリーンのふたつのページを
読んでごらん。
ひとつのページに冬があり
別のページに春がある。
「ありがとう、クプリーン」と
みんな心から言うだろう。

コンスタンチン・バリモント

猫のユーユー　クプリーン短編選

犬の幸せ　*Собачье счастье*

秋晴れの九月の朝、六時か七時頃のこと。こげ茶色で、耳が長く、快活な、一歳半になるポインター犬のジャックは、お手伝いさんのアンヌシュカと一緒に市場に出かけた。ジャックは道をよく知っていたので、いつも自信たっぷりに先を走り、通りすがりに歩道の広告塔をくんくん嗅いだり、四つ角で立ち止まってはお手伝いさんのほうを振り返ったりしていた。アンヌシュカの顔と足取りを確認すると、ジャックは迷いなく角を曲がり、潑剌とした駆け足で進んでいった。

なじみのソーセージ屋の近くで、例によってジャックが振り返ってみると、アンヌシュカの姿が見当たらなかった。ジャックはあわてて、左耳がまくれ上がるほどの勢いで駆け戻った。けれどもアンヌシュカの姿は、すぐ近くの四つ角からも見えなかった。そこでジャックは、匂いで居場所を突きとめることにした。立ち止まり、よく動く湿った鼻をあちこちの方向に注意深く向け、嗅ぎ慣れたアンヌシュカの服の匂い、汚れた食卓の匂い、台所石鹸の匂いを、空気中にとらえようとした。しかしそのとき、ジャックのそばをせかせかした足取りでひとりの女性が通りかかり、さらさら音をたてるスカートをジャックの脇腹にひっかけ、鼻をそむけたくなるような中国の香水のきつい匂いを残していった。ジャックがいやそうに首を振り、くしゃみをすると……アンヌシュカの痕跡は完全に消えてしまった。

けれどもジャックは、そんなことではまるでへこたれなかった。この町のことならよく知っていたので、いつだって難なく家に帰ることができた。まずはソーセージ屋まで走り、ソーセージ屋から八百屋へ、そして、いつもこげたバターのおいしそうな匂いが地下から漂ってくる大きな灰色の家の先を左に曲がれば、もう自宅のある通りに出るのだ。とはいえジャックは急がなかった。いつもよりさわやかで明るい朝、澄みきって柔らかに透き通り、わずかに湿った空気の中には、あらゆる匂いの機微が、驚くほど細やかにはっきりと感じられた。しっぽをステッキのように伸ばし、鼻の穴をぴくぴくさせて郵便局の前を走り抜けたとき、ジャックは確信した。ほんの一分足らず前、この場所にいたのは、大きくてねずみ色をした、そう若くないグレートデン、それもオートミールばかり食べさせられているやつに違いない、と。

案の定、二百歩ほど走ったところで、生まじめな歩調でタッタと駆けているグレートデンが見えた。耳は短く切り詰められ、首には幅広の磨り減った革の首輪がだぶついていた。

グレートデンはジャックに気づき、体を後ろによじって立ち止まった。ジャックは挑発するようにしっぽを上向きに丸め、どこか別の方向を見ているように見せかけて、ゆっくりと見知らぬ犬に近づき始めた。ねずみ色の犬も、同じようにしっぽを丸め、白い歯を大きくむき出した。それから二匹は互いに鼻づらをそらし、まるでむせぶように唸り声をあげた。

「もしこいつが僕の名誉、いや、それどころか礼儀をわきまえた全ポインター犬の名誉を侮辱するようなことをしたら、脇腹に嚙みついてやる。左後ろ足の付け根あたりにね」とジャックは思った。「グレートデンはそりゃあ僕より強いさ。でものろまで馬鹿だ。ほら、この間抜けときたら腹を見せて立っている。左側がすきだらけなのに気づいちゃいないんだ」

そのとき突然……。何やら説明のつかない、超自然的といってもいいようなことが起こった。ねずみ色の犬が出し抜けに仰向けに倒れ、見えない力のようなもので歩道から引っ張られていったのだ。それに続いて同じ見えない力が、驚くジャックの喉をがっちりとつかんだ。ジャックは前足を踏ん張り、猛然と頭を振った。けれども見えない「何か」に首をしめつけられ、こげ茶色のポインターは気を失ってしまった。

意識を取り戻したのは、狭い鉄製の檻の中だった。檻は石畳の上で揺れ、あちこちネジがゆるんでいるせいでガタガタ音をたてていた。すえたような犬の匂いから、この檻がもう長年、年齢も種類もさまざまな犬たちを収容するために使われてきたことが、ジャックにはすぐにわかった。檻の前の御者台には、まるで信用ならない顔つきの人間がふたり座っていた。

檻の中には、すでにかなり多くの仲間が集まっていた。真っ先にジャックは、道端であやうく喧嘩しそうになったねずみ色のグレートデンの姿に気づいた。グレートデンは立ったまま二本の鉄棒の間に鼻づらを突っ込み、檻の揺れにあわせて体を前後に揺すりながら情けない声をあげていた。檻の真ん中には、リュウマチを患った両前足の間に賢そうな顔をうずめ、年老いた白いプードルが横たわっていた。毛はライオンのように刈り込まれ、膝としっぽの先だけ丸い房になっている。プードルはどうやら自分の置かれた状況をストア派の哲学者のように受け止めているらしく、時おりため息をついたり、まばたきしたりすることがなかったら、眠っているようにしか見えなかった。その隣には、ほっそりした長い足ととがった鼻をもつ、手入れの行き届いた可愛らしいグレイハウンドが、朝の寒さと不安の両方でぶるぶる震えて座っていた。時おりその雌犬は、ピンク色の舌をくるりと丸めて神経質そうにあくびをし、そのたびに長々と甲高い声で鳴いていた。檻の奥のほうでは、黒くて毛づやがよく、胸元と眉に黄色いブチ模様のあるダックスフンドが、鉄格子にぴったり寄りかかっていた。こちらの雌犬は、ショックからまったく立ち直れずにいたせいで、湾曲した短い足の上にあるワニのような長い胴体と、床を引きずらんばかりの耳のついた生まじめな顔が、とりわけて滑稽に見えた。

こうした多少なりとも育ちのいい仲間のほかに、檻の中には見るからにそうとわかる雑犬が二匹いた。そのうちの一匹は、あちこちで「ブトン」という名で呼ばれているたぐいの犬で、性質は卑しく、もじゃもじゃの赤毛で、ふさふさしたしっぽは9の字に曲がっていた。この犬は真っ先に檻に入れられたので、どうやらこの異常事態にも慣れてきて、ずいぶん前から誰かと面白い会話を始める機会をうかがっているようだった。もう一匹の雑犬は、ほとんど姿が見えなかった。

というのも一番暗い隅っこに身をひそめ、丸くなってうずくまっていたからだ。その犬は一度だけ、近づいてきたジャックに唸り声をあげようとして起きあがったが、それだけで居合わせた仲間たちから強い反感を買うに十分だった。第一に、この犬は仕事場に向かうペンキ屋連中のいたずらで、すみれ色に塗りたくられていた。第二に、その毛は逆立ち、いくつものボサボサの房になっていた。第三に、明らかに怒っていて、腹をすかせ、怖いもの知らずで、強そうだった。それは、面食らうジャックに向かって跳ね起きたときの、やせこけた体の決然とした動きを見ればわかった。

沈黙が十五分ほど続いた。とうとう、どんな状況に置かれても健全なユーモアを失わないジャックが気取った調子で声をかけた。

「事件はだんだん面白くなりそうですね。あの紳士たちはどこで最初に停車するんでしょう?」

年寄りプードルは、こげ茶色のポインターの軽はずみな調子が気に入らなかった。ゆっくりジャックのほうに顔を向けると、冷やかにあざけるように話をさえぎった。

「そこの若いお方、好奇心を満たしてあげましょうか。紳士たちは皮はぎ所で停車するのですよ」

「なんですって!……ちょっと待って……ごめんなさい……聞き取れませんでした」とジャックは思わずへたり込んでつぶやいた。一瞬のうちに足が震え始めたからだ。

「こうおっしゃったのですか、かわはぎ……」

「そう、皮はぎ所」プードルはさっきと同じように冷やかに念を押すと、顔をそむけた。

「すみません……あのさっぱりわかりません……皮はぎ所……どんな場所なんですか、皮はぎ所って？　教えていただけないでしょうか？」

プードルは黙っていた。けれどもグレイハウンドとダックスフンドもジャックと一緒になって頼み込んだので、ご婦人たちの前で礼儀を欠きたくない老犬は、いくらか詳しい話をせざるを得なかった。

「そこはですね、マダムの皆さん、とても広い庭で、先のとがった高い塀に囲まれていましてね、そこに町なかでつかまえた犬たちを閉じ込めるのです。私は不幸にしてその場所に三回も行きました」

「何が珍しいもんか！」暗い隅からしゃがれた声が聞こえた。「俺なんかそこに行くのは七回目だ」

間違いなく隅から聞こえてくるその声の主は、すみれ色の犬だった。仲間たちはチンピラが話に割り込んできたのを不快に思って、彼の野次が聞こえないふりをした。ただブトンだけが、出しゃばりが下司な茶々を入れてきたことにムッとして叫び声をあげた。

「頼むから、聞かれてもいないのに口出ししないでくれ！」

そう言うなり、えらそうに見えるねずみ色のグレートデンの目を媚びるようにのぞき込んだ。

「私はそこに三回行きました」とプードルが話を続けた。「だがいつも私のご主人がやってきて、連れ出してくれました。私はサーカスで働いているのでね、おわかりでしょう、大事にされているんです。で、この不愉快な場所には一度に二、三百匹の犬が集められていましてね……」

「あの、そこには上品なお仲間もおりますの？」と気取って尋ねたのはグレイハウンドだった。

「いることはいますよ。そこであてがわれる食事というのが、ひどくまずくて量も少ない。時々、捕われた仲間の中の一匹がどこへともなく姿を消すことがあるのですが、そんなときはスープのごちそうが出たものです。それが……」

話の効果を高めるためにプードルはちょっと言葉を止め、聴衆を見回してから、わざとらしく冷静に言った。

「……犬肉のスープ」

その言葉を聞くや、仲間たちは恐怖と憤りに駆られた。

「ちくしょう！　なんてタチが悪くて卑劣なんだ！」ジャックは叫び声をあげた。

「私、卒倒しそう……。気分が悪いわ」ささやくような声でグレイハウンドが言った。

「ひどい……ひどいわ！」ダックスフンドがうめいた。

「俺はいつも言ってきた。人間なんてろくでもないやつらだ！」ねずみ色のグレートデンが唸り声をあげた。

「なんと恐ろしい死に方だ！」ブトンがため息まじりに言った。

けれどもすみれ色の犬の声だけは、陰気で皮肉っぽい嘲笑とともに暗い隅のほうから響いてきた。

「でもそのスープというのがけっこう……まんざらでもなくてね。もっとも、ひな鳥のカツレツに慣れているご婦人方は、犬肉がもう少し柔らかければいいのにと思うでしょうがね」

この恥知らずな発言を無視して、プードルは先を続けた。

「あとになってうちのご主人の話から、非業の死を遂げた仲間たちの皮は、ご婦人用手袋に加工されたと知りました。しかしマダムたち、心のご準備を。それどころではありません。より柔らかく手触りのいい皮にするために、生きたまま皮をはぐのです」

絶望的な悲鳴がプードルの言葉をさえぎった。

「なんて残酷な！」

「なんという下劣さ！」

「そんなの信じられない！」

「ああ、大変大変！」

「迫害者め！」

「いや、迫害なんてもんじゃない……」

この大騒ぎのあとに、張りつめた悲しい沈黙が訪れた。話を聞いていたそれぞれの頭の中に、生きたまま皮をはがされる恐ろしい光景が浮かんでいた。

「皆さん、すべての誠実な犬たちを人間どもの恥ずべき蛮行から永久に解放する方法が、はたしてないものでしょうか？」ジャックが熱くなって大声をあげた。

「失礼ながら、そんな方法があれば教えていただけますかな」と年寄りプードルが皮肉っぽく言った。

犬たちは考え込んでしまった。

「人間という人間に噛みついてやろう。それで一巻の終わり！」腹立ちまぎれにグレートデンがぼそっとこぼした。

「そのとおり。それが一番思いきった考えだ」媚びるように賛成したのはブトンだった。「少なくとも人間たちは怖がるさ」

「なるほど……噛みつくねぇ……悪くはないが」年寄りプードルはためらいがちに言った。「じゃあ、おたくは鞭というものをどうお考えですかな？　鞭になじみがおありでしょうか？」

「うむ……」グレートデンが咳払いをした。

「うむ……」ブトンが同様に言った。

「いや、だめです。言っておきますが、人間たちと戦っても無駄です。私は世間をあちこち渡り歩いてきたので、現実をよく知っていると言えましょう……。例えば、ありふれたもので言えば、犬小屋や鞭や鎖や口輪。こうしたものを皆さんもよくご存じでしょう？　我々犬たちは、いつの日かこれらのものから逃れるすべを思いつくことでしょう。しかし人間がすぐさま、さらに改良を重ねた道具を作り出さないわけがありましょうか？　きっと作りますよ。人間たちがどんな犬小屋や鎖や口輪を自分たちのために作っているか、ご存知ですかな？　従うほかないのですよ、皆さん、それだけです。これが自然の掟です」

「ほら、屁理屈が始まった。年寄りのお説教は大嫌いよ」ジャックの耳元でダックスフンドがささやいた。

「まったく同感です、マドモアゼル」そう言って、ジャックは慇懃《いんぎん》にしっぽをピョンと振った。

ねずみ色のグレートデンはふさぎ込んだようすで、飛んできたハエを口でとらえ、哀れっぽい声を長く伸ばすようにして言った。

「ああ、散々な犬の生涯！……」

「でも、これのどこに正義があるのかしら」それまで黙っていたグレイハウンドが、急にじりじりし始めた。「例えばあなた、プードルさん……あらごめんなさい、お名前を存じあげなくて……」

「曲芸教師のアルトーと申します」そう言って、プードルはお辞儀をした。

「では先生にお尋ねしますわ。あなたは教養がおありなのはもちろんのこと、とても経験豊富な方とお見受けしますが、このお話のどこに最高の正義があるのでしょう？　人間たちはそんなに残酷な特権をとがめられもせずに行使できるほど、私たちより立派で優れているといえるのかしら……」

「立派でもなければ優れてもいませんよ、お嬢さん。ただ我々より力と知恵があるのです」アルトーは苦々しく答えた。「ああ！　あの二本足の生き物の行状なら、いやというほど知っています！　第一にやつらの貪欲さといったら、世界中の犬たちの比ではない。このばけものたちは一生腹いっぱいで暮らせるほど、パンも肉も水もたんまりもっている。にもかかわらず、やつらのわずか十分の一が、自分では食べきれもしないのにすべての食料品を手中におさめ、残りの十分の九は飢えに追い込まれているのです。ちょっとお尋ねしますがね、腹いっぱいの犬が、かじり残した骨を仲間にあげないなんてことがあるでしょうか？」

「あげるよ、絶対あげるよ」と皆が同意した。

「うーむ！」グレートデンだけは疑いの声をあげた。

「そのうえ人間は敵意に満ちています。どこの犬が、愛や妬みや憎しみから仲間を殺したりするでしょうか？　嚙みつきあうことはあっても、それは当然のこと。ですが互いの命を奪うことなどありません」

「そのとおり」と皆が同意した。

「もうひとつお尋ねしますが」と白いプードルが先を続けた。「いったいどこの犬が、新鮮な空気を吸い、犬の幸せについて自由に意見するのを仲間に禁じたりするでしょうか？　だが人間はそれをやっているのです！」

「こんちくしょう！」ねずみ色のグレートデンが力強く立ち上がった。

「結論として言えるのは、人間たちは偽善的で、嫉妬深く、嘘つきで、無慈悲で、残忍なやつらなのです。それでもやつらは支配しているし、これからも支配するでしょう。なぜなら……なぜならそういうことになっているからです。やつらの支配から逃れるのは不可能です。すべての犬の命、すべての犬の幸せはやつらの手の中にあるのです。今の我々が置かれた状況では、やさしいご主人をもつ者は、それぞれにその運命に感謝しなければなりません。仲間の肉を食べたり、仲間が生きたまま皮をはがされる感覚を味わうことから救ってくれるのは、ご主人さましかいないのです」

曲芸教師の言葉は犬たちを陰鬱な気分にさせた。それ以上、誰もひと言もしゃべらなかった。皆なすすべもなく、檻の振動にあわせて体を揺らし、よろめいていた。グレートデンは物悲しい声をあげ、そばにいたブトンも小さくその声を真似た。

間もなく犬たちは、馬車の車輪が砂地を走っていることに気づいた。五分後、檻は大きな門をくぐり、釘が突き出した塀に取り囲まれた広い庭の真ん中にやってきた。その庭を二百匹ほどの薄汚れたやせ犬たちが、しっぽをだらりと下げ、物悲しい顔つきで、ふらふらと歩き回っていた。

檻の戸が開いた。着いたばかりの七匹の犬たちは、檻から出ると本能的にひとかたまりになった。

「おい、なんとかさんよぉ……ねぇ、そこの先生……」プードルの背後から誰かの声がした。

プードルが振り向くと、目の前になんとも生意気なうすら笑いを浮かべたすみれ色の犬が立っていた。

「ええい、放っといてくれ」年寄りプードルは唸り声をあげた。「おまえさんに用はない」

「いや、ちょっとひと言ご忠告を……。おたくは檻の中でさも利口そうなことをしゃべっていたが、ひとつだけ間違いがあったぜ……ああ、そうとも」

「いいからあっちへ行け、いまいましい！　どんな間違いがあったというんだ」

「犬の幸せのことだがね……犬の幸せが誰の手にあるのか見せてやろうか？」

そう言うが早いか、耳を伏せ、しっぽを伸ばし、すみれ色の犬は猛烈な勢いで駆け出した。年老いた曲芸教師は、ただぽかんと口を開けているだけだった。

「そいつをつかまえろ！　つかまえろ！」番人たちが逃げる犬のあとを追い駆けながら叫んだ。

けれどもすみれ色の犬は、すでに塀にたどりついていた。ひとっ跳びで地面から離れ、早くも前足で塀にぶら下がっていた。さらに二度、激しく体を動かすと、すみれ色の犬は脇腹の毛を半分ほど釘の上に残したまま、転がるようにして塀を乗り越えた。

白い年寄りプードルは、しばらくそのあとを眺めていた。彼は自分の間違いを悟ったのだ。

僕はサプサン　*Сапсан*

僕はサプサン三十六世。でかくて強くて、赤茶色した珍しい種類の雄犬さ。年は四歳、体重は約百キロ。去年の春、犬たち七頭少々が（七から先の数を僕は知らない）閉じ込められていたどこかの大きな犬小屋で、僕は重くて黄色いドーナツみたいなものを首にかけられ、みんなにほめそやされていた。

もっともそのドーナツは、全然いい匂いがしなかったけどね。

僕はメデリャン種の猟犬だ。いや、むしろ「ネデリャン（週一）犬」と言うべきか。大昔、人民のために週に一度行われていた余興があった。強い犬たちをクマにけしかけるっていう余興さ。僕の遠い祖先サプサン二世は、かのイワン雷帝の目の前で、人食いグマの喉に嚙みついて地面になぎ倒し、そのクマは皇帝の主任猟犬番によってとどめを刺された。その名誉にあやかり、僕の祖先の中でも優れた犬たちは、サプサンの名をいただくようになったのさ。こんな家系を自慢できるのは、数少ない一代限りの伯爵くらいのものだ。古い家柄の人間の子孫たちと僕との共通点は、物知りの人間たちに言わせれば血統がいいということ。サプサンとは、キルギス語で「ハヤブサ」という意味である。

この世で一番の存在は、ご主人だ。僕は決してほかの人が思っているような飼い主の奴隷ではないし、召使いでもないし、番犬でもない。友達であり、保護者なのだ。人間というのは、後ろ足で立って歩き、素っ裸で、ほかの動物の毛皮をまとっている生き物で、笑っちゃうほど不器用で無防備だ。なのに彼らは、僕らには理解できないような、不思議で少しばかり恐ろしい力をもっている。ご主人ともなれば、なおのこと。僕はご主人のこの奇妙な力が大好きで、ご主人のほうは僕の強さ、俊敏さ、大胆さ、賢さを大事にしてる。こうやって僕らは暮らしてるのさ。

ご主人は見栄っ張りだ。一緒に道を歩くとき、僕はご主人の右足の脇につく。僕らの後ろから、いつも自尊心をくすぐるような声が聞こえてくる。「わぁ、でっかい犬……ライオンみたい……立派な顔だなぁ」などなど。こういうほめ言葉が聞こえていても、それが誰のことかわかっていても、僕はそんな素振りをご主人にこれっぽっちも見せない。でも僕には、ご主人の滑稽で無邪気で誇らしい喜びが、見えない糸を通して伝わってくる。変わり者だね。自慢させておこうじゃないか。こんな小さな弱みをもつご主人が、僕にはことさら愛しく思える。

僕は強い。世界中のどんな犬より強い。犬たちは遠くからだって、僕の匂いや見た目や目つきで、それがわかる。僕も遠くから、彼らが心の中で、僕の前で四つ足を上げて降参しているのが見える。犬の決闘には厳しい掟があって、降参した犬に手出しはできない。そもそもいい闘いをしようにも、僕に見合う相手が見つからない。たまにはやってみたいんだけどなぁ……。もっとも、近所にトラのように大きいグレートデンがいて、あんまり失礼だから懲らしめてやったんだけど、それ以来、家から出てこなくなった。やつが住んでいる塀のそばを通りかかっても、今じゃやつの匂いもしないし、遠くにいても鳴き声ひとつしない。

人間は、こうはいかない。人間たちはいつだって弱い者いじめをする。人間の中で一番善良なご主人でさえ、大声ではないけれど、きつい言葉で、自分より小さくて気の弱い人をいじめたりするので、僕は恥ずかしくて可哀そうになる。僕はそっとご主人の手を鼻でつつくのだけど、わかってくれなくて払いのけられてしまうんだ。

僕たち犬は、思いを察することにかけては人間の七倍、いやそれ以上に鋭い。人間たちはお互いを理解するために、見た目の特徴や言葉、声のニュアンス、目の表情、それから触れ合いを必要とする。でも僕には人間たちの心が、直感だけでわかってしまう。人の心が青くなったり、赤くなったり、震えたり、羨んだり、愛したり、憎んだりするのを、神秘的で不可解で身震いするような方法で感じるのだ。ご主人が出かけていても、僕には遠くからわかる。ご主人にいいことがあったのか、悪いことがあったのか。それによって僕は一喜一憂するのだ。

よく僕たちのことを、あの犬はいい犬、この犬は悪い犬、と言ったりするよね。それは違う。犬いいか悪いか、勇敢か臆病か、人なつこいか人見知りするか、というのは人間だけの特性だ。犬はひとつ屋根の下に暮らすご主人に似るのである。

僕は人間になでられるのは構わない。でも、手を開いて差し出してほしい。握った手は嫌いさ。長年にわたる犬の経験で言えば、ゲンコツの中に石ころ（僕の大好きなおチビちゃん、ご主人の末娘は「いしころ」と言えなくて「いしごろ」と言う）が隠れているかもしれないからね。石ころとは、遠くまで飛んで正確に落ち、当たると痛いもののこと。そういう目にあう犬たちを見たことがある。さすがに僕に向かって石ころを投げつける度胸のあるやつはいないけどね！

犬は人間の視線に耐えられない、なんて馬鹿げたことを言う人がいる。僕はご主人の目を、一晩中だってそらさずに見ていられる。僕たち犬が目をそらすのは、嫌気がさすからさ。たいていの人間は、若い人でさえ、疲れたような虚ろで意地悪な目で見る。まるで年とって病気もちで、神経質でわがままで、声のかすれたチンみたいだ。それに比べて子どもたちは、疑うことを知らない澄み切った目をしている。子どもたちに可愛がられると、誰かれ構わずその桃色のほっぺをなめずにはいられない。でもご主人は許してくれないし、鞭で脅すことさえある。なぜだろう？わからない。ご主人だって、おかしなことをするくせに。

骨の話。これぞこの世で一番夢中になれるものだということは、誰だって知ってるはず。骨の外には筋、骨の中はスポンジみたいで、おいしくて、骨髄が溢れてる。そそられる大きな骨なら、朝から晩まで喜んで格闘していられる。僕はこう思うんだ。骨はどんなにしゃぶり尽くされたところで、常に骨。つまり、あとからだって楽しめる。だから僕は骨を庭や菜園の土に埋めておく。

さらにこうも考える。骨には肉がついていたのに今はない。今はないとしたら、そのうちまた肉がつくのでは？

もし誰かが、人間でも猫でも犬でも、骨を埋めた場所に近づくと、僕は怒って唸る。とたんに気づかれてしまうだろうか？　でも僕自身しょっちゅう埋めた場所を忘れてしまい、そんなときはしばらく機嫌が悪くなるんだ。

我が家には、ふさふさ猫のカーチャがいる。えらそうで厚かましいやつさ。カーチャはまるで家丸ごと、人でも物でも家にあるものすべてが、自分のものであるかのように横柄に振る舞う。よその犬たちには、いつも自分から飛びかかって鼻づらをひっかく。でも僕とカーチャは仲よしだ。夕方、オートミールと骨の入った僕のお皿が出されると、カーチャが寄ってきて一緒にぴちゃぴちゃ食べる。それはいっこうに構わない。でも、骨には手を出さない約束だ。あるとき、僕がでっかい声でどやしつけて以来、カーチャはそのことを肝に銘じてる。そのかわり僕も、猫ちゃんのミルクには手を出さない、という約束を守っている。だけどカーチャと遊ぶのはご免だ。遊んでいると必ず夢中になりすぎて、僕の鼻をひっかく。これぱっかりは我慢ならない。あとでくしゃみが止まらなくなったり、前足で鼻をこすったりすることになるからね。

つい先日のこと、おチビちゃんが僕を子ども部屋に呼んで、戸棚を開けてみせた。戸棚の下の段に、うちのカーチャが寝そべり、まだ目の見えない可愛い子猫たちがひとかたまりになって、お乳を吸っていた。「ねぇ、サプサン、みんなほんとに可愛いね」とおチビちゃんが僕に言う。

ほんとだね。僕もみんながとても気に入った。二、三匹、匂いを嗅いでなめ、鼻で仰向けにひっくり返した。子猫たちはネズミみたいにぴーぴー鳴き、あったかくて、柔らかくて、頼りなげで、怒りんぼだった。心配になった母猫は、頭を上げて哀れを誘うような声で言った。「ちょっとサプサン、気をつけてちょうだい。この子たちを踏まないように。あなたはそんなに大きいんだから」

馬鹿だなぁ。ちゃんとわかってるさ。

今日、僕はご主人に連れられて、初めて訪ねる家に遊びに行った。そこでじつに珍しいものを見た。子犬ではなく、れっきとした成犬なのだが、とても小さい。僕の閉じた口の中にすっぽり入って、ぐるぐる回ってから寝そべっても、まだ余裕があるくらいだ。やせてよろよろした足、濡れたような黒い出目。全体の印象は、ゆらゆらしているクモのよう。でもはっきり言って、これほど恐ろしい生き物は見たことがない。猛然と僕に飛びかかってきて、甲高い声でこう吠えた。「うちから出てって！　今すぐに！　さもないと八つ裂きにして、しっぽと頭をもぎ取るよ！　出てけ！　あんたは外のいやな臭いがする！」

その犬がさらに続けた言葉があまりにもおぞましくて……。僕は怖くなってソファの下にもぐり込もうとしたが、頭しか入らなくてソファが動いてしまい、部屋の隅っこに隠れた。ご主人は笑っていた。僕はなじるような目で彼を見た。だって、馬の前でも雄牛の前でもクマの前でも、僕がひるまないことをご主人はよく知っているのに。単に僕は、あんなに小さな犬ころが、こんなに大きな怒りを吐き出すのに驚いて怖くなっただけなのだ。

ご主人の次に、犬の心に近いのはおチビちゃん。ご主人の末娘のことだ。おチビちゃん以外の人には、急にしっぽや耳をひっぱったり、背中に乗ったり、荷車をつけたりなんかさせやしない。でも僕はじっと我慢して、生後三か月の子犬のようにキャンキャン鳴いてみせる。夕方になると、おチビちゃんは一日遊び疲れて、じゅうたんの上で僕のおなかに頭をのせて急にうとうとし始める。そんなとき、身動きしないで寝そべっているのが、僕の喜びでもある。おチビちゃんのほうも、一緒に遊んでいるとき、僕がしっぽを振って転ばせてしまっても怒ったりしないからね。

時々僕たちは一緒に大はしゃぎし、おチビちゃんは大笑いを始める。僕はそれが大好きだけど、自分では笑えない。そんなときは四つ足でぴょんぴょん跳ねて、ありったけの大声で吠える。するといつも首輪をひっぱられ、外に追い出される。なんでだろう？

夏に別荘《ダーチャ》でこんなことがあった。おチビちゃんはまだヨチヨチ歩きで、とても微笑ましかった。僕たちは三人で散歩していた。おチビちゃんと僕と乳母。すると突然、人も動物も、みんないっせいに逃げ惑った。道の真ん中を、白いブチ模様の入った黒犬が走ってきたのだ。頭を垂れ、しっぽを下げ、全身ほこりまみれで口から泡をふいている。乳母は悲鳴をあげて逃げ出した。おチビちゃんは地面に座りこんで泣き始めた。犬は僕たちに向かって突進してきた。遠くからでも僕はすぐさま、狂犬のきつい臭いとあまりにも激しい敵意を感じた。恐怖のあまり全身の毛が逆立ったが、僕は恐怖に打ち勝ち、おチビちゃんを自分の体でかばった。

もはや決闘どころではなく、僕たちのどちらかが死ぬことになりかねない。僕は身を屈めて今だという時を待ち構え、跳びかかってブチ犬を地面にたたきつけた。それから犬の首を嚙んで宙に引っ張り上げ、激しく振り回した。犬は動かなくなって地面に横たわり、ぺちゃんこになり、もう全然怖くなくなった。でもおチビちゃんは、ひどく動転してしまった。僕はおチビちゃんを家に連れて帰った。道中ずっと、おチビちゃんは僕の耳につかまり、ぴったりと体を寄せていた。小さな体が震えるのを僕は感じた。

大丈夫だよ、僕のおチビちゃん。僕が一緒にいる限り、この世のどんな獣にも、どんな人にも、君を傷つけさせたりしないから。

僕は月夜が嫌いだ。空を見ると、吠えたくてたまらなくなる。あそこから大きな誰かが、ご主人よりも大きくて、ご主人が「永遠」とかなんとかって呼んでいる誰かが、見ているような気がする。そんなとき、ぼんやりと感じる。犬や昆虫や植物の命に終わりがあるように、いつか僕の命も終わるんだろうなって。終わりのとき、ご主人は僕のところに来てくれるだろうか？　わからない。そうであってほしいと思う。でも、たとえ来なかったとしても、僕が最後の最後に思うのは、やっぱりご主人のことに違いない。

バルボスとジュリカ　*Барбос и Жулька*

バルボスは、大きくはないけれど、ずんぐりしてがっちりした体格だった。長くてちょっぴり縮れた毛のせいで、白いプードルに見えなくもないけれど、そうだとしても石鹸にも、櫛にも、はさみにも縁のないプードルといったところ。夏はいつだって頭からしっぽの先までイガイガの実をくっつけていたし、秋になると足やおなかの毛の房が泥まみれになったまま乾き、体中にこげ茶色の鍾乳石をゆさゆさぶら下げているみたいだった。バルボスの耳にはいつも《戦い》の跡があり、特に熱い恋の季節には、変な縁飾りみたいになっていた。こういう犬は、昔からどこでも「バルボス」という名前で呼ばれてきた。ほんの時折、ごく例外的に「ドゥルジョーク（相棒）」と呼ばれることもある。僕の思い違いでなければ、こういう犬は、よくいる番犬と牧羊犬の混血で、忠実で自立心が強く、耳がいいのが特徴だ。

ジュリカのほうも、そこらでよく見る小型犬だが、細い足につやつやした黒い毛、眉と胸元には黄色いブチ模様があり、退官した役人の奥さま方に好かれるタイプだった。その性格の一番の特徴は、繊細で臆病なほどのお行儀のよさ。といっても、人に声をかけられたとたん、おなかを見せてひっくり返ったり、へらへらしたり、卑屈に這いつくばったりするわけじゃない（こんなことをするのは、猫かぶりのおべっか使いのおどおどしたワン公だけだ）。そうではなく、やさしい人には大胆すぎるほど信頼しきって近づき、人の膝に両の前足をのせ、なでてほしくてそっと顔を突き出すのだ。ジュリカのお行儀のよさが一番よく表れるのは、食事のマナーだ。おねだりなどしたことがなく、反対に人間のほうから食べてくれとお願いするくらいだった。食事中に別の犬か人間が近づいてくると、ジュリカは遠慮がちにその場を離れたものだ。まるで「どうぞ召し上がって。もうおなかいっぱいだから……」と言っているみたいだった。その瞬間のジュリカに比べたら、ごちそうを食べているときの人間のおえら方連中のほうが、よっぽど犬みたいだ。

そういうわけで、ジュリカは誰もが認める室内犬だった。バルボスのほうはといえば、大人たちのもっともな怒りと生涯屋外追放の刑から、僕たち子どもが守ってやらなきゃならないことがしょっちゅうあった。第一に、バルボスは所有権というものを、よく理解していなかったし（特に食べ物に関すること）、第二に、トイレのしつけがなっていなかったからだ。この暴れん坊にかかったら、七面鳥のローストをいっぺんに丸半分がっつくことなど朝飯前。復活祭のために、クルミだけ食べさせて太らせ、愛情込めて育ててきたというのに。あるいはまた、深くて汚い水たまりから飛び出してくるなり、お祝い用の雪のように白いママのベッドカバーの上に寝そべったりするのだ。

　夏はバルボスも大目に見られ、たいていいつも、開けた窓の敷居の上で、伸ばした両前足の間に顔をうずめ、眠れる獅子のポーズで寝そべっていた。でも眠っていたわけではない。ひっきりなしに動いている眉を見れば、それがわかる。バルボスは待っていたのだ……。我が家に面した通りに犬の姿が見えると、バルボスはひらりと窓辺から滑り降り、門の下の隙間を腹ばいになってくぐり抜け、縄張りの掟を破った図々しい相手に向かって突進していった。バルボスは、一騎打ちから集団戦まで、あらゆる戦いに通じる偉大な掟をしっかりわきまえていた。つまり、やられたくなければ先にやれ。だから、事前にお互いに匂いを嗅いだり、唸り声で脅したり、しっぽを丸めたりするような、犬の世界によくある社交辞令は断固として拒否した。稲妻のように敵を追い詰め、胸で突き倒し、噛み合いを始める。数分間にわたり、こげ茶色の砂ぼこりがたちこめる中で、二匹の体は毛糸玉のようにもつれ合いながら、もがく。最後はバルボスが勝利をもぎとる。敵がしっぽを巻いてキャンキャン声をあげ、おどおどと振り返りながら敗走する間に、バルボスは誇らしげに窓辺の定位置に戻る。もちろん、時にはこの凱旋行進の際に、足をひどく引きずり、耳に新しい縁飾りができていることもあった。それでも勝利の栄冠は、何よりも気分のいいものだったろう。

　こんなバルボスとジュリカの間柄は、まれに見る仲のよさとやさしい愛情に溢れていた。たぶんジュリカは、心の中では親友の喧嘩っ早さやマナーの悪さを嫌っていただろうが、どんなことがあっても、それをあからさまに示すことはなかった。バルボスが自分の朝ごはんを、あっという間に飲み込んだあと、厚かましく舌なめずりしながらジュリカのお皿に近寄って、湿ったもじゃもじゃの鼻先を突っ込んできても、ジュリカは不満をぐっとこらえていた。日差しの弱まる夕方には、二匹は中庭で一緒に遊んだり動き回ったりするのが大好きだった。追い駆けっこをしたり、待ち伏せをしたり、わざと唸り声をあげて激しく嚙み合う真似をしたりするのだった。

ある日のこと、我が家の中庭に狂犬が駆け込んできた。バルボスはいつもの窓辺から見ていたが、普通なら飛びかかるのに、全身を震わせ、情けない声をあげるだけだった。狂犬は中庭をあちこち駆け回り、それを見ただけで、人間も動物もパニックに陥った。人間たちは扉のかげに隠れ、びくびくしながら外をうかがっていた。叫び声をあげたり、指図したり、的外れな助言をしたり、お互いにたきつけ合ったりしていた。そうこうしている間に、狂犬は豚二匹に嚙みつき、アヒルを何羽か引き裂いていた。

と突然、まさかの驚きにみんながあっと声をあげた。納屋の裏手のどこからか、小さなジュリカが飛び出してきて、細い足で全力疾走して、狂犬に向かっていったのだ。二匹の距離はみるみる縮まっていった。そして二匹がぶつかった……。すべてはあっという間のできごとだったので、ジュリカを呼び戻す余裕は誰にもなかった。衝撃のあまり、ジュリカは倒れて地面に転がり、狂犬はすぐさま門のほうに駆け戻って表に飛び出していった。

ジュリカの体を調べると、嚙み跡はひとつも見当たらなかった。たぶん狂犬はジュリカに嚙みつくこともできなかったのだろう。けれど、使命感に燃えるあまりの緊張と、体験した一瞬の恐怖が、哀れなジュリカから消え去ることはなかった……。ジュリカの身に、普通ではない説明のつかないことが起きたのだ。もし犬にも心を病むことがあるとしたら、このときのジュリカがそうだったと言えるだろう。一日でジュリカは見違えるほどやせこけてしまった。そこいらの暗い隅っこで丸一時間横たわっていたかと思うと、中庭を走り回り、くるくる旋回したり、飛び跳ねたりしていた。食べ物も受けつけず、名前を呼ばれても振り向きもしなかった。

三日目、ジュリカは地面から起き上がれないほど弱ってしまった。以前と変わらないキラキラした賢そうな目には、深い心の苦しみが見てとれた。父の指示で、ジュリカは使われていない薪小屋に運ばれた。静かに最期を迎えられるように（自分の死を厳かにお膳立てするのは人間だけで、あらゆる動物は、いまわしい出来事が迫っていることを悟ると、孤独を求めるものだから）。

鍵がかけられてから一時間後、薪小屋にバルボスが駆け寄ってきた。ひどく興奮して、最初はキャンキャン鳴き、やがて頭を上に向けてワンワン吠え始めた。時々動きを止め、不安そうなようすで耳をこわばらせて小屋の戸の隙間から匂いを嗅ごうとして、それからまた、声をのばして悲しげに吠える。

バルボスを小屋から引き離そうとしても無駄だった。追い払われ、何度も縄でたたかれても、バルボスは走り去ってもすぐに頑としてもとの場所に戻り、吠え続けていた。

子どもというのは、大人たちが思っている以上に動物に近いので、僕たちにはバルボスが何を望んでいるのかすぐにわかった。

「パパ、バルボスを小屋に入れてあげて。ジュリカとお別れしたがっているんだ。お願い、入れてあげて、パパ」と、僕たちは父にせがんだ。

父は最初「馬鹿を言うな!」と言っていたが、僕たちがあまりにすがりついたり、泣きついたりするので、折れないわけにはいかなかった。

僕たちの言ったとおりだった。小屋の戸が開いたとたん、バルボスは力なく地面に横たわっているジュリカのもとにまっしぐらに駆け寄り、匂いを嗅ぎ、クンクン鳴きながらジュリカのまぶたや鼻づらや耳をなめ始めた。ジュリカは弱々しくしっぽを振り、頭を上げようとしたが、それはもうできなかった。犬たちの別れは感動的なものだった。そのようすを眺めていた女中でさえ、感極まっているようだった。

バルボスの名を呼ぶと、今度は言うことをきいて、小屋から出て戸の近くの地面に寝そべった。もう興奮してもいなければ、吠えもせず、ただ時おり頭を上げて、小屋の中で起きていることに耳をすましているようだった。二時間ほどして、再びバルボスが吠え始めたが、あまりに大きな声で、意味ありげに吠えるので、やむなく御者が鍵を取ってきて戸を開けた。ジュリカは腹ばいになって身動きひとつしなかった。息を引き取ったのだ。

猫のユーユー　*YO-YO*

ニーカちゃん、お話を聞きたかったら、ちゃんとお聞き。約束だよ。だめだめ、おチビちゃん、テーブルクロスをいじらないで。クロスの房を三つ編みにするのはやめなさいってば……。

その子の名はユーユー。中国の偉人の名前にちなんだわけでも、ユーユーという名の煙草からとったわけでもなく、ただのユーユー。初めてこのちっちゃな猫ちゃんを見たとき、三歳だったお兄ちゃんがびっくりして目を見開いて、口をとんがらかして「ゆーゆー」って言ったんだ。口笛を吹くみたいにね。そしたら猫ちゃんが寄ってきた。だからユーユーという名になったのさ。

最初は楽しげなふたつのお目々とピンク色のお鼻がついた、ただのふさふさした小さな塊だった。その塊が、お陽さまのあたる窓辺でうたた寝したり、目を細めて喉を鳴らしながらお皿からミルクをぴちゃぴちゃ飲んだり、窓ガラスにとまったハエを前足でつかまえたり、紙切れや毛糸玉や自分のしっぽにじゃれついて床の上を転げまわったり……。それがある日気づいたら、三毛のふさふさした塊だったのが、いつのまにか大きくてスマートで立派な猫ちゃん、街一番のべっぴんさん、猫好きたちのアイドルになっていたんだ。

ニーカちゃん、人差し指を口に突っ込むのはおよし。もう大きいんだから。八年もしたら、お嫁さんになるんだよ。そんな悪い癖がついたらどうするんだ？　海の向こうから素敵な王子さまがやってきて結婚を申し込んだとたん、おまえときたらお口にお指！　王子さまは深いため息をついて、別のお嫁さんを探しに行っちゃうよ。おまえは遠くから、鏡のようなガラス張りの黄金の馬車と、車輪とひづめが巻きあげるほこりを見ているだけになるんだよ……。

で、ひと言でいえば、世界一の猫ちゃんに成長したんだ。こげ茶色に赤茶の斑点、胸にはふさふさの白い胸当て、十八センチもあるおひげ、長くてつやつやした毛、幅広のズボンをはいたような後ろ足、ランプ掃除に使うブラシのようなしっぽ！

ニーカちゃん、子犬のボービクを膝からおろしなさい。まさかワンちゃんの耳を手回しオルガンのハンドルだと思ってるんじゃないだろうね？　誰かにそうやって耳をひねくり回されたら、おまえならどうする？　やめないともうお話はしないよ。

よしと。その子の一番いいところは、性格だった。ほら、ニーカちゃん、人間のまわりにはいろいろな動物がいるけれど、彼らのことなど何も知らない。要するに、興味がないんだ。そう、例えば、おまえも知っているワンちゃんたちのことを思い出してみよう。どの犬にもそれぞれ違う心があり、癖があり、性格がある。猫もそう、馬もそう、小鳥もそう。人間とまったく同じ……。

あのねぇ、ニーカちゃん、おまえみたいにせっかちで落ち着きのない子、ほかに見たことある？　どうして小指でまぶたを押さえているんだい？　ランプが二重に見えるって？　それがくっついたり離れたりしてるって？　決してお目々を手で触っちゃいけないよ……。

それと、決して動物のことを悪く言うのを信じちゃいけないよ。ロバは馬鹿だ、とよく言われるだろう？　頭が悪くて、頑固で、怠け癖のある人のことを、遠まわしにロバと呼んだりする。覚えておきなさい、逆だよ。ロバは賢いだけでなく、言うことをきくし、愛想もいいし、よく働く動物なんだ。でももし運びきれないような荷物を背負わされたり、競走馬と同じように思われたりしたら、ロバは立ち止まってこう言うだろう。「そんなの無理だよ。できるもんならやってみな」。どんなにたたいたところで、てこでも動かない。この場合、馬鹿で強情なのはどっちだろう？　ロバかな、それとも人間かな？　馬はまったく別ものさ。せっかちで、神経質で、怒りっぽい。馬だったら無理を押して頑張りすぎて死んでしまうこともあるくらい……。

それからこうも言う。ガチョウのように間抜け……。この世にこれほど頭のいい鳥はいないのに。ガチョウは歩き方だけで飼い主がわかるんだよ。例えば、真夜中に飼い主が家に帰るとする。通りを歩いてきて、木戸を開け、中庭を横切る。ガチョウたちは、まるでそこにいないかのようにおとなしくしている。ところが知らない人が中庭に入ってくると、とたんに大騒ぎ。「ガァガァガァ！　ガァガァガァ！　他人の家をうろついてるのは誰だ！」とね。

どれほどガチョウたちが……。ニーカちゃん、紙を嚙まないで。吐き出しなさいって……。どれほどガチョウたちが、いいパパとママか、おまえは知らないでしょ！　ガチョウは雄と雌が交互にひなをかえすんだよ。ガチョウのパパは、ママより子育てに熱心なくらいだ。女性によくあるように、ママガチョウが暇な時間に水飲み桶のそばで、お隣さんたちとおしゃべりに熱中しすぎていると、ガチョウのご主人が出てきて、くちばしでママの首をはさみ、うやうやしく家まで引きずっていく。母親の義務が待っている巣のところまでね。そりゃそうさ！

ガチョウの家族がお散歩に出かけるときがまた、とってもおかしいんだ。先頭には主人であり保護者であるパパガチョウ。もったいぶって自慢げに、くちばしを空に向け、ほかの鳥たちを上から見下ろしている。もし世間知らずのワンちゃんや、おまえみたいなうっかり娘がパパガチョウに道を譲らなかったりしたら、大変なことになるよ。パパガチョウはとたんに地を這うヘビのように首をくねらせ、ソーダ水のビンを開けたときのようにシューシュー音をたて、固いくちばしを大きく開ける。あくる日、ニーカちゃんは左足の膝下に大きなあざをこさえ、ワンちゃんは怪我した耳をブラブラさせていることになるだろうさ。

パパガチョウのうしろには、ネコヤナギのふわふわした花穂《かすい》のような黄緑色のひなたち。体を寄せ合って、ピーピー鳴いている。首には羽毛が生えていなくて、足はまだしっかりしていない。これが大きくなってパパのようになるなんて、信じられないだろうね。ママガチョウは一番うしろ。その喜びようと誇らしげなようすときたら、とても表現できないほどさ！「世界中の皆さん、ご覧になってびっくりしてくださいな。私にはこんな素晴らしい夫とお利口な子どもたちがおりますの。私はただの母であり妻ですけど、真実を言わないわけにはいきません。この世にこれ以上のものは見つからないわ」。そう言って左右に体を揺すっては歩き、揺すっては歩く……。そんなガチョウ一家の姿は、休日にお散歩している善良なドイツ人家族にそっくりだ。

それからもうひとつ覚えておいて、ニーカちゃん。ガチョウやダックスフンドっていうワニみたいな犬は、めったに車にひかれることがない。のろまかどうかなんて、見た目じゃ判断できないのさ。

あるいは馬を例にとってみよう。みんな馬のことを何て言う？　馬は馬鹿だ、馬の取り得は美しさと速く走ることと場所を記憶することだけ、それ以外は本当に大馬鹿で、目先しか見えなくて気ままで疑い深く、人になつかない……。そんなでたらめを言うのは、馬を薄暗い馬小屋で飼っている人や、子馬のときから育てる喜びを知らない人や、洗ったりブラシをかけたり脚を鍛えたり水やえさをあげたりする人に、馬がどんなに感謝しているか気づかない人だ。そういう人の頭の中にはひとつのことしかない。馬に乗って蹴られたり、噛まれたり、振り落とされたりしないか心配するだけ。そういう人は、馬の口をさっぱりさせてやったり、もっと走りやすい道を選んだり、時々適度に水を飲ませたり、休むとき毛布や自分のコートをかけてやったりすることなど思いもつかない。そんな人を馬が尊敬すると思うかい？

馬のことなら生まれついての馬乗りに尋ねたほうがいい。きっとこう答えるさ。「馬ほど賢く、心やさしく、気高い動物はいない。ただしもちろん、馬を知り尽くしたいい乗り手に恵まれたらの話」。

アラブ人は、これ以上はないというほど素晴らしい馬を飼っている。アラブでは馬は家族の一員だ。一番信頼できる乳母のように、馬に小さな子どもたちのお守りを任せる。ニーカちゃん、びっくりするなよ。そういう馬はサソリだってひづめで踏みつぶし、野獣だって蹴飛ばすんだ。もし赤ちゃんが顔を泥だらけにして、ヘビのいるとげだらけの草むらにハイハイしていったら、馬はシャツの襟かパンツをそっとくわえて、テントのほうに引きずっていくだろう。「危ないところにハイハイしていっちゃだめだよ」ってね。

時に馬は、飼い主を想うあまりに死んでしまうことや、本物の涙を流すことだってある。

ザポロージエのコサックは、そんな馬と死んだ飼い主のことをこう歌っている。飼い主が殺されて野原に倒れていると……。

そのまわりを馬は歩き
尾でハエを追い払い
主人の目をのぞきこみ
顔に息を吹きかける

ほらね。正しいのはどっち？ 週末しか馬に乗らない人？ それとも生まれついての馬乗り？……。

おっと、猫ちゃんのことを忘れちゃいないだろうね。よし、話を戻そう。まったくだ、前置きが長すぎて話がどこかにいってしまったね。そういえば、古代ギリシャに巨大な門があるちっぽけな田舎町があったんだ。これについてあるとき通りがかりの誰かさんがこんな冗談を言っていた。市民の皆さん、あなたの町をちゃんと見守っていないと、町が門に埋もれてしまいますよ、とね。

残念だなぁ。もっとたくさんおまえに話したいことがあるのに。例えば嫌われもののブタがどんなにきれい好きで賢いかとか、カラスが鎖につながれた犬をだまして骨を失敬する五つの方法とか、ラクダがどうやって……。いや、もういい、ラクダは置いといて猫ちゃんのお話をしよう。

ユーユーは家の中で好きなところに寝ていた。例えばソファの上、カーペットの上、椅子の上、ピアノに置かれた楽譜の上。新聞の一枚目の下にもぐり込んで寝るのも大好きだった。印刷インクには猫の嗅覚をそそる匂いがあるし、新聞紙はぬくもりを保ってくれるからね。

家のみんなが目覚め始めると、ユーユーが真っ先に表敬訪問しにくるのはいつも私のところだった。といっても、私の隣の部屋に響きわたる朝の元気な子どもの声を敏感な耳でとらえてからだけど。

ユーユーは鼻と前足で、きちんと閉まりきっていないドアを開けて入ってくると、ベッドに飛び乗り、私の手かほっぺをピンクの鼻でつつき、短く「ムルルン」と声を出す。

生まれてこのかたユーユーはニャーニャーと鳴いたことがなく、出すのはこの「ムルルン」というじつに音楽的な音だけ。でもこれにはいろいろなニュアンスがあり、お愛想、不安、要求、拒否、感謝、腹立ち、非難などを表していた。短い「ムルルン」は、いつだって「ついてきて」の意味だった。

ユーユーは床に飛び降りると、周囲に目もくれずにドアに向かっていく。私がそれに従うことを疑ってもいなかった。

確かに従ったよ。すぐに着替えて、薄暗い廊下に出て行った。ユーユーは黄緑色の宝石のような目を輝かせ、四歳になったお兄ちゃんがいつもママと一緒に寝ている部屋に通じるドアのところで私を待っていた。そのドアを私がちょっと開ける。すると感謝の「ムルン」を小さく声に出し、しなやかな体をS字型にくねらせ、ふさふさのしっぽをジグザグにして、子ども部屋にもぐり込む。

そこで朝の挨拶の儀式。まずは型通りの敬意の印として、ママのベッドに飛び乗る。「ムルルン！　おはよう、奥さま！」お鼻を手に、お鼻をほっぺにつけたらおしまい。次に床に飛び降り、柵を跳び越えて子どものベッドの上へ。両者やさしくご対面。

「ムルルン、ムルルン！　おはよう、チビちゃん、よく眠れた？」

「ユーユーシェンカ！　ユーシェンカ！　だいだい好きなユーユーちゃん！」

するとと別のベッドから声がする。

「コーリャ、猫にキスしちゃだめよ。何回言ったらわかるの！　猫はばい菌だらけなのよ……」

もちろん、柵の向こうにあるのはやさしさのこもった固い友情。だけど猫と人間はしょせん猫と人間にすぎない。そろそろお手伝いさんのカテリーナが、バター入りのそばがゆと生クリームをもってくるのをユーユーが知らないわけがあるだろうか？　おそらく知っているさ。

ユーユーは決しておねだりをしない（お世話されることには、穏やかに心から感謝してはいるけれど）。それでいて肉屋の配達小僧が来る時間やその足音は知り尽くしていた。外にいるときは必ず玄関で肉を待ち構え、家にいるときは台所の肉めがけて走っていく。台所のドアをユーユーは信じられないほど上手に開ける。台所のドアには、子ども部屋の丸い象牙の取っ手と違って、銅製の長い取っ手がついている。ユーユーは走ってきた勢いでジャンプして前足で取っ手を両側からはさみ、後ろ足を壁にあてて踏ん張る。全力で二、三度押すと、ガッチャン！　取っ手が動き、ドアが少し開く。あとは楽勝さ。

よく肉屋の小僧は肉を切ったり目方を測ったりして、のらりくらりと仕事していることがある。そんなときユーユーは我慢できずにテーブルの端に爪を引っかけ、鉄棒の曲芸師のように前後に体を揺すりだす。でも声は出さない。

肉屋の小僧は、陽気で赤ら顔でよく笑うぼんやり屋さんだ。動物はなんでも大好きで、ユーユーには特別首ったけ。でもユーユーは自分に触らせようともしない。尊大な眼差しで、あらぬ方向にひとつ飛び。プライドが高いのだ！　自分には偉大なるシベリア猫と堂々たるブハラ猫というふたつの由緒ある血が流れていることを片時も忘れていない。ユーユーにとって肉屋の小僧は、単に毎日肉をもってくる人。自分の家に関係ない人や、自分の庇護と寵愛のもとにない人のことを、ユーユーは王さまのように冷やかに見ている。私たち家族はといえば、お慈悲をかけていただいているのだ。

私はユーユーの命令に従うのが好きだった。例えば温室でメロンのわき芽を慎重に摘んでいるとする。かなり正確さを必要とする作業だ。夏の日差しと地面の熱とで暑い。そこへ音もなくユーユーが近づいてくる。

「ムルン！」

これは「行きましょう、喉が渇いたわ」という意味だ。

よっこらしょと背を伸ばすと、ユーユーはもう先を行く。決して私のほうを振り向かない。ついていくのを拒んだり、じらしたりすることなどできるもんか。菜園から中庭、そして台所へ、さらに廊下を通って私の部屋へとユーユーは私を導いていく。そのすべてのドアを彼女の前で丁重に開け、うやうやしく通してやる。私の部屋までくると、ユーユーは水道につながっている洗面台に軽々と飛び乗り、大理石のふちに三本足をのせる三つの支点をすんなり見つけ、四番目の足は宙に浮かせてバランスをとる。そして私を横目で見てこう言う。

「ムルン。お水を出してちょうだい」

私は銀色の筋のように細く水を出してやる。ユーユーは優雅に首を伸ばし、細いピンクの舌でぺろぺろと水をなめる。

猫はたまにしか水を飲まないが、飲むときは時間をかけてたっぷり飲む。時々いたずら半分に十字型のニッケルの蛇口を少し閉めてみる。水はポタポタとしか出なくなる。

ユーユーはご機嫌ななめ。不自然なポーズのままじれったそうにそわそわして、私のほうに顔を向ける。ふたつの黄色いトパーズのような瞳が、真剣にとがめるように私を見る。

「ムルルーン！　馬鹿なことはやめてちょうだい！」

そして何度か鼻先で蛇口を押そうとする。

お恥ずかしい、失礼しました。私はちゃんと水を出してやる。

あるいはこんなこともあった。

ユーユーはソファの前の床に座っている。かたわらには新聞紙。私が部屋に入り、足を止める。ユーユーはまばたきひとつしない目でじっと私を見ている。私もユーユーを見る。そのまま一分たつ。ユーユーの眼差しには、はっきりとこう読み取れる。

「私がしてほしいことがわかっているのに、知らんぷりするのね。誰が頼むもんですか」

新聞紙を拾おうとして私が身を屈めると、とたんに柔らかなジャンプの音がする。ユーユーはもうソファの上。眼差しはやさしくなっている。新聞紙を二つ折りにして屋根をつくり、猫にかぶせる。ふさふさのしっぽだけが、はみ出している。でもそれも少しずつ、少しずつ紙の屋根の下に引っ込んでいく。二、三度ガサガサと音がして紙が動いたら、それでおしまい。ユーユーはもう眠っている。私は爪先立ちで部屋を出る。

私とユーユーは、穏やかな家族の幸せにひたる特別な時間を過ごすことがあった。それは私が深夜に執筆しているときだった。この仕事はひどく疲れるが、身が入ると静かな喜びに満たされる。

さらさらさらさらとペンを走らせていて、急に言葉に詰まる。ペンを置く。なんと静かなこと！シューシューとかすかに聞こえるケロシンランプの音、耳に届く海の潮騒のざわめき、それがいっそう夜を静かに感じさせる。人々は皆眠り、動物も皆眠る。馬も鳥も子どもたちも、隣室のコーリャのおもちゃも。犬たちでさえ、吠えることもせず寝入っていた。目がしょぼしょぼして、頭がぼんやりして働かない。ここはどこ？うっそうとした森の中、それとも高い塔の上？そのとき柔らかい弾力のあるものに押されてびくっとする。ユーユーが床から机の上に、ひょいと飛び乗ってきたのだ。いつ来たのかまったく気づかない。

机の上で少し寝返りをうち、場所を選びながら足踏みすると、私の右手のそばに背を丸めたふさふさの塊が座る。四本の足をきちんとたたみ、前足のふたつのビロードの手袋だけがほんのちょっとのぞいている。

私は再び勢いよく夢中になって書く。時おり、私の向かいに斜めを向いて座っている猫のほうを、横目でちらりと見る。猫の大きなエメラルド色の目は、ランプの火をじっと見ている。その瞳には上から下へ、カミソリの刃のように細長く、黒い線が走っている。けれども私がまばたきもしないうちに、ユーユーは視線に気づいて優雅な顔を向ける。細長い線は、たちまち黒光りする円形に変わり、そのまわりに琥珀色の細い縁取りができている。よし、ユーユー、続きを書こう。

さらさらさらとペンを走らせる。ぴたりとはまる言葉がすらすら出てくる。さまざまな文章が順調に組みあがる。だがすでに頭は重くなり、背中は痛く、右手の指は震え始めている。ひょっとすると職業病の腱鞘炎《けんしょう》か、急に指がひきつり、ペンが鋭いダーツのように部屋の向こうに飛んでいく。そろそろやめようか？

そろそろね、とユーユーも思っている。すでに先ほどから気晴らしを思いついていた。紙の上に現れる文字の列をじっと目で追っては、ペンに視線を移し、私がペンの中から小さな黒い変な形をしたハエを次々出していると思おうとしている。突然パシンと前足で最後のハエをたたく。的確で素早い一撃。黒い血が紙を汚す。もう寝よう、ユーユーちゃん。ハエたちも明日まで寝かせてやろう。

窓の向こうにはもう私の好きなトネリコの樹形が薄ぼんやりと見えている。ユーユーは毛布の上で私の足を枕にしてうずくまる。

あるときユーユーちゃんのお友達でいたずらっ子のコーリャが病気になった。ああ、ひどい病気だったよ。今でもそのことを思い出すと恐ろしくなる。あのとき初めて私は、いかに人間は自分の命をつかんだら離そうとしないものか、そして愛と死の瞬間にどれほど絶大で確かな力を示すかを知ったんだ。

ニーカちゃん、人間にはありふれた真実や月並みな意見がたくさんある。人間はそれを当たり前だと思って、決して確かめる手間をかけようとしない。例えば千人中、九百九十人がおまえにこう言うだろう。「猫はわがままな生き物だ。人ではなく家につく」。そういう人は、これから私がユーユーについて話すことを信じないだろうし、信じようともしないだろう。ニーカちゃん、おまえなら信じるよね！

猫は病人から遠ざけられた。それももっともなことだった。何でもかんでもつついたり落としたり、病人を起こしたり驚かせたりするからね。猫が子ども部屋に入らないようにするのにさほど時間はかからなかった。ユーユーはすぐに自分の立場を理解した。そのかわりドアの隙間にピンクの鼻を突っ込んで、部屋の前のむき出しの床の上に犬のように寝そべっていた。こうやってこの暗黒の日々をずっと横たわって過ごし、その場を離れるのは食事と短時間の散歩のときだけだった。ユーユーを追い払うことはできなかった。それはあまりに気の毒だった。人が子ども部屋に出入りするときはユーユーをまたぎ、足で押しやったり、しっぽや前足を踏んづけたり、急いでいていらいらしているときは脇にどけたりしていた。ユーユーは小さな声をあげるだけで道を譲り、それから再びおとなしく、でもしつこく元の場所に戻る。猫のこんな行動を、それまで読んだことも聞いたこともなかった。お医者さんというのは何事にも驚かないものだが、さしものシェブチェンコ先生もあるとき寛大な笑みを浮かべてこう言った。

「おかしな猫ですな。付き添いとは！　奇妙なことだ……」

ねぇ、ニーカちゃん、私には全然おかしくも奇妙でもなかったよ。今でも私の心には、ユーユーの動物なりの想いに対し、温かな感謝の念が残っている……。

それからほかにも不思議なことがあった。コーリャの病気が最悪の危機を脱して回復に向かい、何でも食べ、ベッドで遊ぶことさえできるようになると、猫は特有の鋭い本能のようなもので、ドクロが悔しそうに歯がみをしてコーリャの枕元から立ち去ったことを理解した。ユーユーは自分の役目を終えたのだ。そして長い間、遠慮なしに、私のベッドで眠りこけていた。それでいてコーリャと久々に再会しても、ユーユーは何の感動も示さなかった。コーリャのほうはといえば、猫をぎゅっとつかんだり抱きしめたり、ありとあらゆる愛称を浴びせかけ、大はしゃぎでどういうわけかユシュケーヴィチと呼びさえした。するとユーユーは、まだ弱々しいコーリャの手をするりとすり抜け、「ムルン」と声を出し、床に飛び降りて出て行った。なんという自制心。言うなれば、偉大なる平常心だ！

じゃあ次はね、可愛いニーカちゃん、おそらくおまえも信じてくれないようなお話をしよう。この話をすると、みんなニコニコして聞いていた。少し疑って、少し信じたふりをして、少しわざとらしく丁重にね。友達にはときに率直に言われたものさ。「君たち作家は想像力たくましいね！　まったくうらやましいよ。どこで見聞きできるもんだか。猫が電話で話をしようとしたなんて！」

でも本当にそうしようとしたんだ。お聞きよ、ニーカちゃん、どうしてそうなったのか。

ベッドから起き上がったコーリャは、やせて、血の気がなく、青白い顔をしていた。唇には赤みがなく、目は落ちくぼみ、手はわずかにピンクがかって光に透けるようだった。でもさっきも話した偉大なる無限の力、それは人間のやさしさだ。運よくコーリャを養生のために、母親の付き添いで二百露里ほど離れた立派なサナトリウムに入れることができた。そのサナトリウムはペトログラード市と直接電話線がつながっていて、なんとか辛抱すれば私たちの別荘《ダーチャ》のある村を呼び出すことができ、そこから我が家の電話につなぐこともできた。そのことにいち早く気づいたのがコーリャのママで、ある日私はこのうえない喜びと嬉しい驚きとともに、受話器の向こうに愛しい声を聞いた。最初は少し疲れたような事務的な女性の声、ついで元気で明るい子どもの声。

ユーユーはふたりの大親友——大きいのと小さいの——が出て行ってしまって以来、ずっと不安と戸惑いの中にいた。部屋中を歩き回っては、隅々を鼻でつついていた。つついては意味ありげに「ミー！」と鳴く。ユーユーのこんな言葉を聞くのは、私たちの長いつきあいのなかで初めてだった。それが猫語で何を意味するのか私は言える立場にないが、人間の言葉で言えば明らかにこのようなことを意味していた。「何があったの？ ふたりはどこ？ どこに行っちゃったの？」

ユーユーは大きく見開いた黄緑色の目で私のほうを向いた。その瞳には強い驚きと訴えるような問いかけが読み取れた。

ユーユーはまたもや床の上を自分のすみかに選んだ。今度は私の書きもの机と長椅子にはさまれた暗くて窮屈な場所だ。無理に柔らかい肘掛け椅子やソファの上に呼ぼうとしても無視されてしまうので、抱いてその上にのせてやると、ちょっと座っただけでお行儀よく飛び降り、暗くて硬くて寒い隅っこに戻ってしまった。不思議だ。なぜ悲しみの日々にあって、そこまで頑なに自分に罰を与えるのだろう？　そんな自分を示すことで、彼女に一番近い人間であり、全能であるはずなのに不幸や悲しみを取り去ることができない、あるいは取り去ろうとしない私たちを責めているのだろうか？

我が家の電話機は、狭い玄関ホールにある丸テーブルに置かれ、そのそばには背もたれのないワラ細工の椅子があった。サナトリウムと話をしていたときにユーユーが足元にいるのに気づいたのがいつだったか思い出せないが、確か最初のときだったと思う。すぐに猫は電話が鳴るたびに走ってくるようになり、結局自分のすみかをすっかり玄関ホールに移してしまった。

人間というものは、ひどく時間をかけて苦労しないと動物を理解できないものだ。一方、動物ははるかに早く、深く、人間を理解する。私がユーユーのことを理解したのも、ずいぶんあとになってからだった。それは、あるとき私がコーリャと愛情のこもった会話を交わしていたときのこと。ユーユーが音もなく床から私の肩に飛び乗ってきて、バランスをとり、私の頬の前にふさふさの顔を突き出し、聞き耳をたてていた。

私はこう思った。「猫には優れた聴覚がある。とにかく犬よりはいいし、人間よりはるかに鋭い」。私たちがお客に行って夜遅く帰ってくると、遠くから足音に気づいたユーユーが、三つ先の四つ角まで走ってきて出迎えることがしょっちゅうあった。つまり、身内のことをよく知っていたということだ。

ほかにもある。私たちの知人のところに、四歳になるジョルジックというとても落ち着きのない男の子がいた。初めてうちに遊びにきたとき、その子は猫をたいそう困らせた。耳やしっぽを引っ張ったり、無理やり抱きしめたり、おなかを横がかえにしたまま部屋中走り回ったりした。猫はそういうことが大嫌いだ。でもいつも遠慮して爪を出すことは一度もなかった。そのかわり、以来ジョルジックが来るたびに、それが二週間後、一か月後、あるいはそれ以上間があいても、ユーユーは玄関に響き渡るジョルジックのよく通る声を聞くが早いか、哀れを誘う声をあげ、一目散に逃げ隠れた。夏は一番近くにある開けっぱなしの窓から飛び出し、冬はソファかたんすの下にもぐり込んだ。間違いなく、ユーユーには優れた記憶力があったのだ。

「だとしたら、こう考えてもおかしくない」と私は思った。「ユーユーはコーリャの懐かしい声に気づき、大好きな友達がどこに隠れているのか見ようとして、顔を突き出してきたのでは?」

私は自分の推測をなんとかして確かめたくなった。その夜、サナトリウムあての手紙に猫の行動を詳しく書き、今度電話で話すときに、家でユーユーちゃんに話していたようなやさしい言葉を電話口できっと忘れずに言ってほしい、とコーリャに頼んだ。そのときは猫の耳元に受話器を当ててやるつもりだった。

すぐに返事がきて、コーリャはユーユーの記憶力にとても感激して、ユーユーによろしくと書いてあった。サナトリウムから電話するのは二日後になり、三日目には仕度をして荷物をまとめ、家に帰るつもりだという。

そして確かに当日の朝、電話局からサナトリウムとつながっていますと連絡があった。ユーユーは、すぐそばの床の上にいた。私はユーユーを膝にのせた。そうしないと受話器と送話機の両方を操りにくくなるからだ。コーリャの明るく生き生きとした声が、木製の受話器の奥から響いてきた。数えきれないほどの新しい感動と新しい出会い！　家のことで聞きたいこと、頼みたいこと、しておいてほしいことが、どれほどあったことか！　私はやっとのことで自分の頼みを口にした。

「愛しいコーリャ、これからユーユーちゃんのお耳に受話器を当てるからね。ほら当てた！　やさしい言葉で話しかけておやり」

「言葉って？　どんな言葉かわかんない」つまらなそうな声がした。

「コーリャ、いい子だから、ユーユーちゃんが聞いてるよ。何でもいいからやさしくしゃべっておやり。早く早く」

「でも知らなーい。覚えてなーい。それより、ここの窓の外に掛かっているような鳥の巣箱を買ってくれない？」

「ねぇコーリャちゃん、ねぇいい子だ、ねぇお利口さん、ユーユーとおしゃべりするって約束したじゃないか」

「でも猫語なんか知らないもん。無理だよ。忘れちゃったもーん」

受話器から突然、カチッ、ガーガーと音がして、女性交換手のつっけんどんな声が響いた。

「むだ話はやめて受話器を切ってください。ほかのお客さまがお待ちです」

ブチッと小さな音がして、通信音が聞こえなくなった。

こうして私たちとユーユーの試みは失敗に終わった。残念だなぁ。うちの賢い猫が聞き覚えのあるやさしい言葉に、愛情のこもった「ムルルン」で答えるかどうか、とっても知りたかったのに。

さあ、これでユーユーのお話はおしまい。

少し前にユーユーは歳をとって天国に行ってしまい、今うちにはビロードのようなおなかをしたゴロニャンちゃんがいる。その子のお話は、可愛いニーカちゃん、また今度ね。

ゾウさんのお見舞い　*Слон*

1

小さな女の子が病気になった。彼女のもとには毎日、以前から顔見知りのお医者さん、ミハイル・ペトローヴィチが通ってくる。先生は時々、知らない医者をふたり連れてくる。医者たちは、女の子をうつ伏せにしたり仰向けにしたり、体に耳を寄せて聞き耳をたてたり、下まぶたをめくったりして診察する。その挙句、いつももったいぶってウーンとうなり、顔をしかめ、わけのわからない言葉で話し合う。

そのあと三人は子ども部屋からママが待つ客間に移る。背が高くて白髪まじりで金縁めがねをかけた一番えらい先生が、重々しく長々とママに何かを話している。ドアが閉まっていないので、女の子のいる寝床から丸見えだし、声も筒抜けだ。内容はよくわからないが、自分のことを話しているのはわかる。ママは泣き疲れた大きな目で先生をじっと見ている。帰りぎわ、えらい先生が大きな声で言う。

「大事なのは、退屈させないことですね。あの子のわがままを全部きいておやりなさい」

「でも先生、あの子は何もほしがらないんです！」

「ううむ、そうですね……病気になる前にどんなものが好きだったか、思い出してください。おもちゃとか……お菓子とか……」

「いえ先生、あの子は何もほしがらなくて……」

「まあ、とにかく何か気晴らしになることをやってみてください。何でもいいですから……。誓って言いますが、お子さんを笑わせたり楽しませたりすることができれば、それが一番の薬です。いいですか、お子さんの病気は、生きることに興味をなくしていることです。それだけのことですので……。では奥さん、さようなら！」

2

「可愛いナージャ、私の可愛いおチビちゃん」とママが言う。「何もほしいものはないの？」

「うん、ママ、何もいらない」

「ベッドの上にお人形さんを全部並べてあげようか？　肘掛け椅子とソファとテーブルと、それからお茶道具も置きましょうね。お人形さんたちがお茶を飲んだり、お天気や子どもたちの具合をお話したりできるように」

「ありがとう、ママ……。いらないわ……。つまらないの」

「いいわ、おチビちゃん、お人形はいらないのね。じゃあ、カーチャかジェニェチカを呼びましょうか？　大好きなお友達ですものね」

「いいの、ママ。ほんとにいいの。なんにもなんにもいらないの。とにかくつまらないの！」

「じゃあチョコレートをもってこようか？」

　けれどもナージャはそれには答えず、憂うつそうな目でじっと天井を見ている。どこも痛くなければ熱もない。なのにナージャは、日に日にやせ衰えていく。いくら何をやっても、彼女にはどうでもよく、何もほしくないのだ。こうして昼も夜もずっと、静かに悲しげに横たわっている。時々三十分くらい、うとうとすることがあっても、秋雨のように暗くて長くて退屈な夢を見るだけだった。

　子ども部屋から客間に通じるドアと、客間からさらに書斎に続くドアが開いていると、ナージャのところからパパの姿が見える。パパはせかせかと部屋を歩き回り、ずっと煙草をふかし続けている。時々子ども部屋にやってきて、ベッドの端に腰かけ、ナージャの足をやさしくさする。それから急に立ち上がって窓辺に近寄る。外を見ながら口笛を吹いているが、その肩は震えている。それからあわててハンカチで左右の目をぬぐい、まるで腹を立てているかのように書斎に戻っていく。そのあとまた部屋を歩き回り、ずっとずっとずっと煙草をふかし続けている。そのうちに書斎は煙草の煙で真っ青になる。

3

けれどもある日の朝、ナージャはいつもより少し元気になって目を覚ました。何かの夢を見たのだが、どうしても思い出せなくて、ママの目をずーっとじーっと見ている。

「何かほしいの？」とママが尋ねる。

すると突然ナージャは夢を思い出し、内緒話のようにひそひそ声で言う。

「ママ……だったら……ゾウさんは？　絵に描いてあるゾウさんじゃなくて……。いい？」

「もちろんよ、おチビちゃん、もちろんいいわ」

ママは書斎に行って、娘がゾウをほしがっていることをパパに伝える。パパはすぐさまコートを着て帽子をかぶり、どこかへ出かける。三十分ほどして、パパは高価できれいなおもちゃを手に帰ってくる。それは首としっぽが動く大きな灰色のゾウだった。赤い鞍を背にのせ、その上に金色の天幕が張られ、中に小さな人形が三つ座っている。けれどもナージャはそのおもちゃを、天井か壁でも見るかのように気のないふうに眺め、力なくこう言った。

「ううん、こんなんじゃないの。私がほしいのは、本物の生きてるゾウさん。これは生きてないじゃない」

「いいから見ててごらん、ナージャ」とパパが言う。「これから動かしてみるよ。ほんとにほんとに生きてるみたいに見えるから」

ゼンマイを巻くと、ゾウは首を振り、しっぽをパタパタさせながら足を動かし始め、テーブルの上をゆっくり歩いた。ナージャにはちっとも面白くないし、退屈でさえあったが、パパをがっかりさせないように抑えた声でこう言った。

「ほんとにほんとにありがとう、大好きなパパ。こんな面白いおもちゃ、誰も持ってないと思うけど……。でも、ほら……ずっと前に動物園に連れてってくれるって約束したよね。本物のゾウさんを見に……。なのにまだ一度も……」

「そうだけど、いいかい、可愛いおチビちゃん。それは無理だってわかっておくれ。ゾウさんはとっても大きくて、天井まで届くくらいだから、とてもうちの部屋には入らないよ。それに、そんなのどこで手に入れるんだい？」

「パパ、そんなに大きいのは私だっていらないわ。ちっちゃくていいから、生きてるのを連れてきてほしいの。こんなちっちゃいのでいいから……赤ちゃんゾウでいいから」

「可愛いおチビちゃん、おまえのためなら何でも喜んでするけど、こればっかりはできないよ。だってこれじゃあ、パパ、お空からお日さまをとってきて、って急に言われるのと同じだよ」

ナージャは寂しそうに微笑んだ。

「パパ、おかしいよ。私だって、お日さまは熱いから触れないことくらい知ってるわ。お月さまだって無理よ。そうじゃなくてゾウさんなの……本物の」

そう言うとそっと目を閉じてささやく。

「疲れちゃった……。ごめんなさい、パパ……」

パパは頭を抱えて書斎に走っていく。しばらくパパが部屋じゅうを歩き回っている姿が見えた。やがて決心したように吸いさしの煙草を床に投げ捨て（このことでいつもママに小言をくらうのだが）、大声で女中を呼びつけた。

「オリガ！　コートと帽子！」

玄関にママがやってくる。

「サーシャ、どこに行くの？」

パパはコートのボタンをはめながら、荒い息をしている。

「マーシェンカ、自分でもわからないよ。とにかく、今夜のうちに本当にうちに連れてくるからな。本物のゾウを」

ママは不安そうにパパを見る。

「あなた、大丈夫？　頭でも痛いんじゃない？　もしかしてゆうべはよく眠れなかった？」

「一睡もしなかったよ」とパパはイライラして答える。「頭がおかしくなったのかって言いたいんだろ。まだそこまでいってない。行ってくる！　夜になればわかるさ」

玄関のドアをバタンと閉め、パパは姿を消した。

4

二時間後、パパはサーカスの最前列に座って、よく仕込まれた動物たちが主人の指示に従ってさまざまな芸をするようすを見ていた。利口な犬たちは、跳びはねたり、とんぼ返りをしたり、踊ったり、音楽にあわせて歌ったり、ボール紙でつくった大きな文字をつづりどおりに並べたりしている。猿たちは、一匹は赤いスカート、もう一匹は青いズボンをはいて、綱渡りをしたり、大きなプードルの背に乗って走ったりしている。赤茶色の大きなライオンが、火の輪くぐりをする。のっそりしたアザラシが、ピストルを撃ってみせる。最後に登場したのはゾウたちだった。全部で三頭、一頭は大きく、二頭はまだ小さいが、それでも馬よりずっと大きい。見るも不思議なことに、重くて不器用そうに見えるこの巨大な生き物は、機敏な人間にもできないほど難しい芸をこなす。ことに一番大きなゾウは際立っている。まずは後ろ足で立ち、お座りをし、頭を地面につけて逆立ちをし、木の棒の上を歩き、樽にのって転がしながら進み、ボール紙でできた大きな本のページを長い鼻でめくる。そして最後にテーブルにつき、ナプキンを胸にかけて食事をするのだが、さながらお行儀のいい男の子のようだった。

公演が終わり、観客が帰っていく。ナージャのパパは、サーカスの団長である太ったドイツ人に近寄った。団長は仕切り板の向こうに立ち、太くて黒い葉巻きを口にくわえている。

「失礼ですが」とナージャのパパは声をかけた。「お宅のゾウを少しの間うちによこしていただけないでしょうか?」

ドイツ人は驚いて、目だけでなく口もまん丸に開いたので、葉巻きがぽろりと地面に落ちた。彼はうめき声をあげて屈み込み、葉巻きを拾い、再び口にくわえるなりこう言った。

「よこすって、ゾウを? お宅に? さっぱりわかりませんね」

ドイツ人の目つきからすると、やはり「頭でも痛いのではありませんか?」と言いたげだ。それでもナージャのパパは、事のしだいを急いで話した。ひとり娘のナージャが、おかしな病気にかかり、医者にもよくわからない。もう一か月もベッドに寝たきりで、日に日にやせ細っていき、何にも興味を示さず、退屈して少しずつ弱っていく。医者は娘を楽しませるようにと言うけれど、娘は何をしても気に入らない。望みをなんでもかなえるようにとも言われたが、娘には何も望むものがない。それが今日、生きたゾウが見たいと言い出した。なんとかできないものだろうか?

パパはドイツ人のコートのボタンをつかみ、声を震わせて言い加えた。

「そんなわけで……。もちろん、娘が治ることを願っていますが……でも……急に病気が悪化して……急に娘が死んでしまったら! 考えてもみてください。私は娘の最後の願いをかなえてやれなかったことを、一生悔やむことになるんです!」

ドイツ人は顔をしかめ、考え込みながら小指で左の眉をかいている。ようやく彼は口を開いた。

「ふむ、お嬢さんはおいくつですか?」

「六歳です」

「ふむ、うちのリーザも六歳です。ふむ……。しかしいいですか、高くつきますよ。夜中のうちにゾウを連れて行き、次の日の夜中には連れ帰らないとなりません。昼間はだめです。人だかりができて、大騒ぎになりますから……。そうなると一日仕事をふいにすることになりますから、損失分をあなたにまかなってもらわないと」

「ああ、もちろんもちろん、それでしたらご心配なく」

「それと、警察がゾウ一頭を民家に連れていくことを許可してくれるでしょうか?」

「任せてください。許可してもらいます」

「それからもうひとつ。お宅の大家さんは、ゾウを家に入れることを許可してくれますかな?」

「許可します。私が家の持ち主ですから」

「ああ! それなら結構。ではもうひとつお尋ねします。お宅は何階ですか?」

「二階です」

「ううむ……。弱りましたなぁ。お宅には広い階段、高い天井、大きな部屋、幅のあるドア、それから頑丈な床がおありですか? というのも、うちのトミーは体高二メートル三十センチ、体長二メートル八十センチ、そのうえ体重は一・六トンもあるんですよ」

ナージャのパパは少し考え込むとこう答えた。

「こうしましょうか。今からうちに来て、家を見ていただきましょう。必要とあらば、壁を壊して通路を広げさせます」

「それなら結構！」とサーカスの団長は同意した。

5

夜中、ゾウは病気の少女のもとにお客さんとして連れて行かれた。

白いブランケットを背にかけたゾウは、通りの真ん中をのしのしと歩き、首を振り、鼻を巻いたり伸ばしたりしている。遅い時間にもかかわらず、まわりには人だかりができている。けれどもゾウは気にもとめない。毎日サーカスで何百人という人を見ているからだ。ただ一度だけ、ゾウがちょっと苛立つ場面があった。

どこかの通りでいたずらっ子がゾウの足元近くまで近寄り、野次馬の前でふざけ始めた。するとゾウは、いたずらっ子の帽子をそっと鼻でつかみ、釘が突き出している近くの塀の向こうに投げとばしたのだ。

巡査が人ごみの間を歩きながら、野次馬に注意を促す。

「皆さん、どいてください。いったい何がそんなに珍しいのかね？　こりゃ驚きだ！　生きたゾウが通りを歩くのを見たことがないとはね」

やがて家に近づく。階段の上から食堂まで、ゾウの通り道にあるドアというドアは開け放たれている。そのためにドアの掛け金を金づちを使って外してあった。家に霊験あらたかな大きなイコンを運び込んだときも、同じようにしたものだ。

　ところが階段の前で、ゾウは不安げに立ち止まり、先に進もうとしない。

「何か甘いものをやらないと……」とサーカスの団長が言う。

「甘い白パンとか、あるいは何か……おい、トミー！……おい、こら！　トミー！」

ナージャのパパは近所のパン屋に走り、ピスタチオの入った大きな丸いケーキを買う。ゾウはそのケーキを、ボール紙の箱に入ったまま丸ごと食べようとするが、ドイツ人は四分の一しかあげない。トミーはケーキが気に入り、もうひと切れほしいと鼻を伸ばす。しかしドイツ人は、したたかだった。片手に好物をのせたまま、階段を一段一段あがると、ゾウは鼻を伸ばし、両耳を広げて、しかたなくあとについていく。踊り場まで来ると、トミーはふた口目をもらった。

　こうしてゾウは、食堂に連れてこられた。前もって家具は全部運び出され、床にはワラが敷き詰められていた。ゾウの足に、床に固定された鎖がはめられる。目の前には、新鮮なニンジンとキャベツとカブが山積みになっている。ドイツ人はそばにあるソファに腰を下ろす。あかりを消して、みんな眠りについた。

6

次の日、少女は明け方に目を覚まし、真っ先にこう尋ねる。

「ゾウはどうなったの？　もう来たの？」

「来たわよ」とママが答える。「でもゾウさんがナージャに、まずお顔を洗って、それから半熟卵を食べてホットミルクを飲まなきゃだめだよ、って」

「ゾウさんはいい子？」

「いい子よ。食べなさい、ナージャちゃん。これからゾウさんのところに行きましょうね」

「ゾウさんは面白い？」

「ちょっとね。暖かいカーディガンをはおりなさい」

卵をあっというまに食べ、ミルクを飲み干す。ナージャはまだ小さくて歩けなかった頃に使っていた乳母車に乗せられ、食堂に連れて行かれた。

ゾウはナージャが絵で見て想像していたより、はるかに大きかった。高さはドアよりほんの少し低いくらいで、頭からしっぽの先までは食堂の半分を占めていた。皮膚はザラザラして深いシワがある。足は太くて柱のよう。先っぽにほうきのようなものがついた長いしっぽ。大きなコブがある頭。ゴボウの葉っぱのように大きく垂れ下がった耳。ちっちゃいけれど、賢くやさしそうな目。先を切り取られた牙。そして鼻は、まるで長いヘビのよう。先っぽにはふたつの鼻孔があり、その間によく動くしなやかな指のようなものがある。もしもゾウがうんと鼻を伸ばしたら、きっと窓まで届いてしまうだろう。

ナージャはまるで怖がっていなかった。ただ、あまりの大きさに少しびっくりしただけだった。そのかわり、十六歳になる子守のポーリャが、怯えて悲鳴をあげ始めた。

ゾウの持ち主のドイツ人は、乳母車に近寄って声をかける。

「おはよう、お嬢ちゃん。怖がらないでね。この子はとてもやさしくて、子どもたちが大好きなんだよ」

ナージャは血の気のない小さな手をドイツ人に差し出した。

「こんにちは、ご機嫌いかが？」とナージャが答える。「私、ちっとも怖くなんかないわ。名前はなんていうの？」

「トミーだよ」

「こんにちは、トミーさん」そう言って、お辞儀をする。ゾウがあまりに大きいので、ナージャは馴れ馴れしい話し方をするのは気がひけた。「ゆうべはよくお休みになりましたか？」

ナージャはゾウにも手を差し出した。ゾウは用心深く鼻でその手をとり、少女の細い指を、よく動く力強い指のような鼻先で握る。ミハイル・ペトローヴィチ先生より、ずっとやさしい握り方だ。そうしながらゾウは首を振り、小さな目をさらに細め、まるで笑っているかのようだった。

「言うことが全部わかるの？」とナージャがドイツ人に尋ねる。

「ええ、全部わかりますよ、お嬢ちゃん！」

「でもしゃべらないだけなのね？」

「そう、しゃべらないだけだよ。うちにもね、お嬢ちゃんと同じくらい小さい娘がいてね。リーザというんだよ。トミーとリーザは、大の仲よしなんだ」

「ねえトミーさん、もうお茶を飲みました？」ナージャがゾウに尋ねる。

ゾウはまた鼻を伸ばし、少女の顔に生温かい息を強く吹きかけた。すると少女の柔らかい髪の毛が、四方八方になびいた。

ナージャは大笑いして、ぱちぱち手をたたく。ドイツ人も太い声で笑っている。この人もトミーと同じように、大きくて、太っちょで、やさしい。ナージャには似た者同士に思えた。もしかしたら親戚かしら？

「いえいえ、お茶は飲んでいませんよ、お嬢ちゃん。でも砂糖水は喜んで飲むんだよ。それから白パンも大好きなんだよ」

白パンをのせた盆が運ばれてくる。少女がそれをゾウにごちそうする。ゾウは器用に鼻先でパンをつかむと、鼻を丸めてパンを顔の下のほうにしまい込む。そこにはおかしな三角の形をした毛むくじゃらの下唇が動いている。硬い皮膚に当たって、パンがガサガサ音をたてているのが聞こえる。ふたつ目のパンも、三つ目も、四つ目も、五つ目も、トミーは同じように口に入れると、感謝の印に頭を下げ、満足そうに小さな目をいっそう細くする。ナージャは嬉しくて大笑いした。

白パンが全部ゾウのおなかに入ると、ナージャは自分の人形をゾウに紹介した。

「トミーさん、見てちょうだい。このお洒落なお人形さんはソーニャよ。とてもいい子だけど、ちょっとわがままで、スープをいやがるの。こっちはナターシャで、ソーニャの子。もうお勉強を始めて、文字はほとんど知ってるの。それからこれはマトリョーシカ。初めてもらったお人形さんなの。ほら見て、お鼻がないでしょ。頭はのりで貼ってあるし、髪の毛もないの。だけど、おばあちゃんを家から追い出すわけにはいかないわ。そうでしょ、トミーさん？　この子は前はソーニャのお母さんだったんだけど、今はうちのお料理番をしているのよ。さあ、トミーさん、遊びましょ。トミーさんはお父さん、私はお母さんになるわ。お人形さんたちは、私たちの子どもよ」

トミーもそれに賛成する。笑うようにしてマトリョーシカの首をつかみ、口の中に入れる。でもこれは、ただの冗談。人形をそっと噛んで、ナージャの膝の上に戻す。人形は少し湿って、へこんでしまったけれど。

次にナージャは、大きな絵本をトミーに見せて説明する。

「これは馬、これはカナリア、これは鉄砲……。こっちは鳥かごと小鳥、こっちはバケツ、鏡、ペチカ、シャベル、カラス……。あ、ほら見てちょうだい、これはゾウよ！　でもちっとも似てないわね。こんなに小さいゾウさんがいるかしら？　ねぇトミーさん」

トミーもこんなに小さいゾウがこの世にいるとは思っていない。そもそもこの絵が気に入らなかった。そこで鼻先でページの端っこをつまんで、めくってしまった。

お昼ごはんの時間になっても、ナージャはゾウから離れようとしない。するとドイツ人が助け舟を出した。

「失礼ながら私にお任せください。一緒にお昼を食べてはいかがかな」

　ドイツ人はゾウにお座りを命じる。ゾウがおとなしくお座りをすると、家じゅうの床が揺れて棚の中の食器がカタカタ音をたて、下の住民たちの部屋では、天井から漆喰がこぼれ落ちた。ゾウの向かいに少女が座る。間にテーブルが置かれる。ゾウは首のまわりにナプキンをかけてもらい、友達になったばかりのふたりは食事を始めた。少女は鶏肉のスープとカツレツを食べ、ゾウはいろいろな野菜とサラダを食べる。少女は小さなグラスにシェリー酒をちょっぴり、ゾウはコップ一杯のラム酒が入ったお湯をもらう。ゾウはそれをボウルから鼻で吸い込んで満足そうだった。そのあとデザートがやってくる。少女はココアを一杯、ゾウはケーキを半分、今度はクルミ入りだ。その頃ドイツ人は客間でパパと一緒に、ゾウと同じようにおいしそうに、でも量はゾウよりはるかにたくさん、ビールを飲んでいた。

　食事のあと、パパの知り合いが何人かやってきた。びっくりしないように、ゾウのことをあらかじめ玄関で伝えておく。最初は疑っていた彼らだが、トミーをひと目見るやドアの陰に身を寄せ合った。

「怖くないよ、ゾウさんはいい子だから！」とナージャはお客を安心させようとした。

　けれども客たちはあわてて客間に逃げ出し、五分もしないうちに帰っていった。

　夜になった。もう遅い。ナージャの寝る時間だ。なのにゾウから離れようとしない。そのうちにゾウのそばで眠ってしまい、寝たまま子ども部屋に運ばれる。服を脱がされたことに気づいてさえいなかった。

その夜、ナージャは夢を見た。トミーと結婚し、小さな可愛いゾウの赤ちゃんがたくさん生まれる夢だ。夜中にサーカスに戻されたトミーもまた、可愛くてやさしい女の子の夢を見ていた。それだけでなく、クルミとピスタチオの入った、門ほどの大きさのあるいくつもの巨大ケーキの夢も……。


翌朝、ナージャは元気だった頃と同じように、潑剌とした、すがすがしい気分で目を覚まし、家じゅうに響く大きな声で、じれったそうに大声を出した。

「ミルクぅ！」

その声を聞いて、ママは寝室でほっとして十字を切る。

けれどナージャはふとゆうべのことを思い出して尋ねた。

「ゾウさんは？」

答えはこうだった。ゾウさんは用事があっておうちに帰ったこと。ゾウさんには、放っておけない子どもたちがいること。でもゾウさんはナージャに、よくなったら遊びにきてと伝えるよう言っていたこと。

するとナージャは、お茶目な笑顔でこう言った。

「トミーさんに伝えてね。私、もうすっかりよくなったって！」

ピアノ弾きの少年　*Тапёр*

ルドニェフ家の末娘、十二歳のチーナは、姉たちが小間使いふたりの手を借りて今日の夜会に備えて着替えをしている部屋に、鉄砲玉のように飛び込んできた。興奮して息を切らし、額にかかるちぢれ髪をふり乱し、急いで駆けてきたせいで顔を真っ赤にした彼女は、その瞬間、愛らしい男の子のようだった。

「マダムの皆さん、ピアノ弾きはどこ？　家じゅうのみんなに聞いたけど、誰もなんにも知らないの。うかがっていません、とか、私には関係ありません、とか言って。うちはいつもいつもこうなんだから」

チーナは、踵で床を踏みつけながらイライラしていた。

「いつだってごたごたしてるし、すぐ忘れるし、しまいにはお互いになすり合いを始めるんだから……」

一番上の姉リジヤは、姿見の前に立っていた。鏡の前で体をひねり、むき出しのきれいな首をのけぞらせ、近視の目をちょっと細めながら、ティーローズの花を髪に挿そうとしていた。彼女は騒々しいのが大嫌いで、《チビっこたち》には冷たく嫌味たっぷりな態度をとる。鏡に映るチーナの姿を見て、リジヤは不機嫌そうにこう言った。

「うちをメチャクチャにしているのは、あんたでしょ。何度言ったらわかるのよ。頭がおかしくなったみたいに、部屋に駆け込んでこないでちょうだい」

チーナはからかうようにお辞儀をし、鏡に向かってべろを出した。それからもうひとりの姉タチアナのほうを向いた。足元では、仕立て屋が青いスカートのすそを縫いながら、床の上を動き回っている。チーナは早口でまくしたてた。

「そりゃそうよね。うちのむっつり姫は、お説教しかしないものね。頼りになるのは、タチアナお姉ちゃまだけよ。誰も話を聞いてくれないの。私が話してもみんな笑うだけなんだから……。お姉ちゃま、一緒に行きましょう。だってもうすぐ六時よ。あと一時間したらクリスマスツリーに灯をともすのよ」

チーナは今年初めて、クリスマスツリーの準備に加えてもらえることになった。ほんの一年前のクリスマスでは、今頃は妹のカーチャや同年代の女の子たちと一緒に子ども部屋に閉じ込められ、大広間にはクリスマスツリーなんかないよ、掃除人たちが床磨きに来ているだけだ、と言いくるめられていたのだ。そんなわけで、姉たちとある程度同じような特権を与えられるようになった今、チーナは誰よりもそわそわし、せわしなく働き、しょっちゅう誰かにぶつかっては人の十倍も走り回り、祭日になるといつもこの家を満たす気ぜわしさに拍車をかけるばかりだった。

ルドニェフ家は、おっとり屋で、もてなし上手で、賑やかなモスクワ族を代表する家系のひとつだった。大昔からプレースニャ、ノヴィンスキー、カニューシコフ〔いずれもモスクワのアルバート街近くの地名。帝政時代に富裕層が住んでいた地区〕あたりに住み、いつの頃からかモスクワに客好きの街という評判を植えつけるようになったのも、彼らモスクワ族だった。ルドニェフ家の住まいはエカテリーナ時代〔十八世紀後半〕よりも前に建てられた大きな古い家で、門の両側にはライオン像、広々とした前庭、どっしりとした白い円柱が建ち並ぶ正面玄関があり、一年中、朝から夜遅くまで、お客でごった返していた。モスクワ郊外のナロフチャツク村やインサル村にある一家の別荘のご近所さんやら、今まで会ったことも聞いたこともない遠い親戚やらが、何の予告もなくひょっこり訪ねてきては、何か月も泊まっていった。チーナの兄、アルカーシャとミーチャのところには、何十人もの男友達がやってきた。最初は中学生や陸軍幼年学校生だったのが、やがて士官学校生や大学生になり、今では青二才の将校か、洒落のめしてわざとらしく深刻ぶった弁護士助手に姿を変えて訪ねてくる。姉妹のところには、お人形を抱えて遊びにくるカーチャとおない年の子から、マルクスや農業制度について語り、ともに高等女学校を目指すリジヤの友達まで、あらゆる年代の女の子が頻繁に訪ねてきた。祭日のたびに、明るく意気盛んな若者たちがルドニェフ家の大邸宅に集まると、家じゅうが無邪気でロマンチックで茶目っけのある熱気に包まれるのだった。

そんなときは、小間使いを絶望に陥れるような大混乱の日々でもあった。お茶の時間、朝食、昼食、夕食といった《人並みの》時間の感覚は、騒然として目が回るような気ぜわしさに紛れてすっかり狂ってしまった。昼食を食べ終えた一団がいるかと思えば、今しがた朝のお茶を飲み始めた一団もいる。はたまたサンドイッチを山ほど持って、一日中、モスクワ動物園のスケートリンクで過ごす一団もいた。テーブルはいっときも片づくことがなく、配膳棚は朝から晩まで開けっ放しだった。にもかかわらず、スケートや芝居小屋から戻って、突拍子もない時間に腹をすかせた若者たちが、台所にいるアキンフィチのもとへ代表団を送り、《何かうまいもの》をつくってくれないかと頼みこむこともあった。酒好きの年寄りとはいえ、料理の達人であるアキンフィチは、最初はいつもなかなか首を縦に振らず、不平をこぼす。すると気の利いたお世辞が始まる。モスクワにはもう優秀な料理人がいなくなってしまいました、神聖な料理文化に今も侵しがたい尊敬を抱き続けるのは、ベテランの料理人だけですよ、などなど。結局、痛いところをつかれたアキンフィチは根負けし、親指でナイフの切れ味を試しながら、もったいつけて言うのだった。

「わかったわかった、ゴマすりはもういいさ。で、ひよっこは何人いるんだい？」

この家の奥方であるイリーナは、特別な式典や公式行事のとき以外は、ほとんど自室から出てこなかった。旧姓オズナビーシン公女、名門で裕福な家系に生まれた彼女は、夫や子どもたちの交際仲間は、あまりに《粗野《メスキン》》で《乱暴《ブリュータル》》だと決めつけて、冷やかに《無視《イグノレ》》し、もっぱら主教たちのもとを訪ねたり、自分と同じように大昔から続く家系の子孫たちと交流したりすることを楽しみにしていた。にもかかわらず、イリーナは今でも夫に、密かに、だが痛ましいほどにやきもちをやいていた。確かにそれだけの理由があった。というのも、モスクワじゅうに知られる食通であり、遊び人であり、バレエ芸術の気前のいいパトロンであるアルカージイ・ルドニェフ氏は、五十歳をすぎてなお、色男、女好き、もて男といった評判を失っていなかったからだ。開幕に十分遅れて、皆の注目を集めながらボリショイ劇場の客席に入ってくるときの彼ときたら、堂々たる体の上に、上品な白髪まじりの頭を誇らしげにのせるかのごとく、優雅にして自信たっぷりで、今も好男子と呼ばれるにふさわしかった。

ルドニェフ氏は、めったに家にいなかった。それというのも、いつも英国クラブ〔トヴェルスカヤ通りにあった大貴族のクラブ。現在は革命博物館〕で昼食をとり、劇場で興味のあるバレエ公演がない夜は、やはりクラブに通ってトランプ遊びをしていたからだ。家長として例外的に、あちこちの不動産を抵当に入れたり契約更新したりする仕事だけはしていたが、運に恵まれた大貴族特有の呑気さもあって、ことさら将来を考えているわけではなかった。朝から晩まで大勢の仲間たちの集いに顔を出すのが習慣になっていた彼は、自宅も賑やかで活気があるのを好んだ。時おり彼は、家にいる若者たちのために思いがけないお楽しみを用意し、自身もそれに参加したがった。そんなことがあるのは、たいていクラブで大儲けした翌日のことだった。

「若き共和党員諸君！」客間に入り、潑剌とした姿と魅惑的な笑顔で輝かんばかりの彼が言う。「真面目くさった話ばかりしていると、じきにみんな眠くなってしまいますぞ。誰か一緒に郊外に行きたい人は？　外は素晴らしい。太陽と雪と気持ちのいい寒さ。歯痛や厭世気分でお苦しみの方は、尊敬すべき我らが家政婦オリンピアーダ・サーヴィチナのお目付けのもとで、家に残りたまえ」

一行はイェチキン社〔帝政時代のトロイカ取扱会社〕の三頭立て馬車《トロイカ》を呼び、ひた走りに走ってトヴェルスカヤ関所広場〔現在のベラルーシ駅前〕を越え、「モーリタニア」か「ストレリナ」の店〔いずれもモスクワ郊外ペトロフスキー公園にあった高級レストラン〕で食事をし、夜遅く帰宅した。これが大いにルドニェフ夫人イリーナの気にさわり、この《常識はずれの悪ふざけ》を汚らわしそうな目で見るのだった。しかし若者たちにとって、ルドニェフ氏率いる悪ふざけほど、心底楽しめるものはほかになかった。

ルドニェフ氏は、クリスマス・パーティーにも毎年決まって参加した。この子どものためのお祭りは、なぜか彼に、ある種の無邪気な喜びをもたらした。家族の中で彼ほど人の好みにあう贈り物を考えつく人はいなかったので、年長の子どもたちは困ったときは彼の意見を求めたものだった。

「パパ、コーリャ君にはどんな贈り物がいいかしら」娘たちが父に尋ねた。「もう大きくて、中学の最上級生なんだから、おもちゃというわけにはいかないし……」

「おもちゃはないだろう」とルドニェフ氏が意見した。「彼に買うなら、ちょっとした煙草入れが一番。青年はそういう上等な贈り物を喜ぶものさ。ルクーチンの店〔高級煙草入れなどの専門店〕で、今とてもいい煙草入れを売っているよ。ついでにコーリャに、私の前で煙草を吸うのを遠慮しないよう言ってくれたまえ。さっき私が客間に入ったら、煙草を袖に隠していたからね」

ルドニェフ氏は、自宅のクリスマス・パーティーに箔をつけたくて、いつも指揮者リャーボフ〔スチェパン・ヤコヴレヴィチ。ボリショイ劇場の指揮者も務めた〕率いるオーケストラを家に招いていた。ところがこの年に限って、間の悪い行き違いが次から次へと起こった。どういうわけかリャーボフに連絡するのが遅くなってしまい、彼のオーケストラは三か所のパーティーに振り分けられ、すでに予約が入っていた。それでもルドニェフ家と古いつきあいのあるマエストロは、ほかの家のパーティーの日を変更してもらってなんとか調整しようと約束してくれたが、どういうわけか返事が遅れてしまい、あわててよそを当たり始めたときは、モスクワじゅうのどこにもオーケストラはひとつも見つからなかった。ルドニェフ氏は腹を立て、いいピアノ弾きを探すよう指示したが、誰に指示したのか彼自身も今となっては覚えていなかった。おそらくその《誰か》は、頼まれたことを別の人に押しつけ、その別の人は、ありがちなことに内容をゆがめて第三の人に伝え、第三の人はてんやわんやのなかで、すっかりそのことを忘れてしまったのに違いない。

そうこうする間に、熱しやすいチーナは家じゅうを騒ぎの渦に巻き込んでいた。尊敬すべき家政婦、ふくよかで心やさしいオリンピアーダは、確かに旦那さまにオーケストラが来ないならピアノ弾きを手配するよう指示を受けたが、すぐにそれを小姓のルカに伝えたと言う。ルカはルカで、自分の仕事はご主人のお世話をすることであって、ピアニストを探して街じゅう走り回ることではない、と言いわけした。騒ぎを聞きつけて、令嬢たちの部屋から小間使いのドゥニャーシャが飛び出してきた。猿のようにちょこまかよく動き、色っぽくておしゃべりな彼女は、それが任務とばかりに、よからぬ出来事に必ずくちばしをはさんでくる。訊かれてもいないのに、自分はピアノ弾きのことなどこれっぽっちも聞いていない、もし嘘だったらその場で雷に打たれても構わない、と誰かれ構わずつかまえては熱弁をふるった。もしそこに、ふっくらした陽気なブロンド娘、タチアナが助けに入らなかったら、この騒ぎがどう収まったかわかったものではない。穏やかな性格と内輪もめを見事におさめる才のある彼女は、使用人たちみんなに愛されていた。

「要するに、これじゃあ明日になっても解決しないわね」タチアナはいつもの落ち着き払った、それでいて父親に似て少々あざけるような声で言った。「とにかく、ドゥニャーシャには、すぐにピアノ弾きを探しに行ってもらいます。ドゥニャーシャ、おまえが仕度している間に、私が新聞から住所を抜き書きしておくわ〔当時は演奏家たちがクリスマスの時期に新聞広告を出す習慣があった〕。パーティーに遅れないように、なるべく近所で探すようにして。じきにお客さまがお見えになりますから。馬車のお代はオリンピアーダさんからもらってちょうだい……」

彼女がこう言うや否や、玄関の呼び鈴が大きな音をたてた。チーナは早くも玄関にすっ飛んでいき、大勢のチビっこたちを迎える。子どもたちはニコニコして、寒さでほっぺを赤くし、うっすらと雪をかぶり、新鮮なリンゴの香りのように、キリリとして健康的な冬の空気の匂いとともに入ってきた。どうやらふたつの大家族、ルィコフ家とマスロフスキイ家が、同時に門のところに到着し、鉢合わせしたらしい。玄関はたちまち話し声と笑い声と足音とキスを交わす音で溢れ返った。

呼び鈴が次から次へ、ひっきりなしに鳴った。新たな客が続々とやってきた。ルドニェフの娘たちは、その応対に大わらわだった。大人たちを客間に案内し、子どもたちはだましだまし子ども部屋か食堂に連れて行って閉じ込めた。大広間には、まだあかりがともっていなかった。その真ん中には大きなクリスマスツリーが、薄暗がりの中に幻想的なシルエットをうっすらと描き出し、部屋じゅうを樹脂の香りで満たして立っていた。ツリーのそこかしこには、金色の鎖やクルミやボール紙の飾りが、街灯に反射してぼんやりと輝いていた。

ドゥニャーシャはいっこうに帰ってこない。ころころ転がる水銀玉のように、あちこち走り回っていたチーナは、焦りと不安のあまり、いてもたってもいられなかった。何度となくタチアナのもとに駆け寄り、隅のほうに連れていっては興奮気味にささやいた。

「タチアナお姉ちゃま、ねぇ、どうしたらいいの？　こんなこと初めてだわ」

タチアナ自身も心配になってきた。姉のリジヤに近寄り、小声で言う。

「どうしたらいいか私もわからないわ。ソーニャおばさんに少し弾いてもらうように頼まないと……。そのあとは私がなんとか代わりを務めてみるわ」

「それは結構」とリジヤは皮肉っぽく言い返した。「ソーニャおばさんはこの先一年、私たちに恩を売り続けることになるでしょうよ。それにあんたが弾くくらいだったら、伴奏なしで踊ったほうがよっぽどましよ」

ちょうどそのときタチアナのもとに、なめし皮の靴底の音をそっとたてながら、小姓のルカが近寄った。

「お嬢さま、ドゥニャーシャがちょっと来ていただきたいとのことです」

「連れて来たのね?」三姉妹が声をひとつにして尋ねた。

「どうぞ、ご自分でご覧になってください」とルカが言葉をにごして答えた。「玄関ホールにおります……ただどうも疑わしくて……。とにかくいらしてください」

玄関ホールにはドゥニャーシャが、汚れた雪のついた毛皮のコートを着たまま立っていた。そのうしろの暗がりの隅っこに、頭をすっぽり包んだ黄色い防寒ずきんを脱ごうとしている小さな人影がもぞもぞと動いていた。

「どうかお嬢さま、ご勘弁ください」ドゥニャーシャは、タチアナの耳元に身を屈めてささやいた。「誓って申しますが、五か所あたって、ひとりもピアノ弾きは見つかりませんでした。見つかったのはこの子だけで、お役にたつかどうかわかりません。でも誓って申しますが、ひとりしか残っていなかったんです。宴会や結婚式で弾いたことがあるそうですが、私じゃわかりません……」

その間に小さな人影が防寒ずきんと外套を脱ぐと、着古した実科中学の制服を着た、顔色の悪い、やせっぽちの少年が姿を現した。自分のことを話しているのを知って、歩み寄るのをためらい、ぎこちない姿勢で隅っこでじっと待っている。めざといタチアナは、ちらちらと視線を投げかけて、この少年が内気で貧しく、それでいて誇り高いことを即座に見抜いた。その顔は整っているとは言えないが、表情豊かで繊細な顔立ちだった。少しばかり無邪気な印象を与えているのは、突き出た額の両端に、鳥の巣のようにボサボサにからまっている黒髪のせいだ。しかし、大きな灰色の目は、こんなにやせた子どもの顔にしては大きすぎ、見つめる眼差しは、利口そうで、毅然としていて、子どもとは思えないほど真剣だった。第一印象では、年の頃は十一か十二くらいだろうか。

タチアナは少年のほうに数歩近寄ると、少年と同じようにきまり悪そうに、ためらいながら尋ねた。

「あなた、パーティーで演奏したことがあるのですって?」

「はい。あります」少年は、寒さと緊張で少しかすれた声で答えた。「そう聞くのは、もしかしたら僕が子どもっぽく見えるから……」

「いえ、そんなことないわ……。あなた十三歳くらいかしら?」

「十四歳です」

「もちろんそんなことどうでもいいわ。ただちょっと心配なのは、慣れていないと、あなたにはきついんじゃないかしら」

少年は咳払いをして言った。

「いいえ、ご心配なく。こういうことには慣れてます。一晩中、ほとんど休みなしで弾いたこともありますから……」

タチアナは、いぶかしそうな目を姉に向けた。おどおどして、自分より下で、卑屈な人に対しては、妙に薄情な態度をとるリジヤが、いつものように人を見下すような顔つきで尋ねた。

「お若い方、カドリールは弾けて？」

少年はお辞儀をするように上半身を前に傾けた。

「弾けます」

「じゃあワルツは？」

「はい」

「それじゃあポルカも？」

少年は急に顔を真っ赤にしたが、抑えた声で答えた。

「はい、ポルカも」

「じゃあランシエは？」とリジヤはなおもからかうように言った。

「やめなさいよ、リジヤ、ひどいわ《レセ・ドン、リジィ、ヴゼテ・アンポシーブレ》」タチアナが厳しくとがめた。

少年の大きな瞳が、怒りとあざけりで急にぎらりと輝いた。それと同時に彼の態度から緊張したぎこちなさが突然消えた。

「お望みでしたら、マドモアゼル」そう言って、彼はリジヤのほうにくるりと向き直った。「ポルカやカドリールのほかにベートーベンのソナタ全曲、ショパンのワルツ集、リストの狂詩曲も弾きますけど」

「あらそうですか！」自信満々の答えにむっとして、まるで舞台女優のようにわざとらしくリジヤが言い放った。

少年は本能的にタチアナなら味方してくれると察して視線を移した。その大きな瞳には今、すがるような表情があった。

「どうかお願いします。僕に何か弾かせてください」

察しのいいタチアナは、リジヤがどれほどひどく少年の自尊心を傷つけたかを感じとり、少年が気の毒になった。チーナはといえば、嫌味で傲慢なリジヤが言い負かされたので、嬉しくてぴょんぴょん跳びはね、ぱちぱちと手をたたいていた。

「もちろんよ、ねぇタチアナお姉ちゃま、ぜひ弾いてもらいましょうよ」そう姉に頼み込むと、チーナはいつものように猪突猛進、急に小さなピアニストの手をつかみ、大広間のほうに引っぱっていきながらこう繰り返した。「大丈夫、大丈夫……。弾いてちょうだい。リジヤの鼻をへし折ってやりましょうよ。大丈夫、大丈夫」

不意にチーナが、はにかむ実科中学生を引きずって客人の前に姿を現すと、みんなあっけにとられた。大人たちがひとりまたひとりと大広間に移動すると、すでにチーナは少年を引き出しつきのピアノ椅子に座らせ、立派なシュレーダー〔ドイツの職人シュレーダーが一八八一年にサンクトペテルブルクに設立したピアノ製造会社。ロマノフ宮廷御用達〕のピアノの上にロウソクの火をともしていた。

実科中学生はシャグラン革の表紙がついた分厚い楽譜集の中から、当てずっぽうにひとつ取り出して開いた。そしてリジヤが立っている戸口のほうを見た。あかりの消えた暗い客間を背にして、白い繻子のドレスがひときわ目立っている。少年は尋ねた。

「リストの『ハンガリー狂詩曲』第二番はいかがですか?」

リジヤは小馬鹿にしたように下唇を突き出し、何も答えなかった。少年は慎重に鍵盤の上に両手を置き、一瞬目を閉じた。指先から狂詩曲の始まりの厳かで堂々たる和音が流れ出した。譜面台からやっと頭が見えるくらいの小さな男の子が、こんなにも力強く大胆で豊かな音を楽器から引き出すとは、見るのも聞くのも不思議だった。少年の顔は一瞬にして豹変したかのように晴れ晴れとして、美しくさえなっていった。青白い唇をほんの少し開き、瞳はさらに大きくなり、感情がこもり、うるんで輝き出した。

大広間は徐々に聴衆で埋まってきた。音楽好きで音楽通のルドニェフ氏も書斎から姿を現した。タチアナに近寄り、耳元でこう尋ねる。

「どこでこのおチビさんをつかまえてきたんだい?」

「パパ、この子はピアノ弾きよ」と、タチアナは小声で答えた。「ほらね、見事な演奏でしょう?」

「ピアノ弾きだって? こんなに小さいのに? まさか!」ルドニェフ氏は驚いて言った。「これはこれは、たいしたもんだ! しかしこの子にダンス曲を弾かせるなんて、とんでもない」

ターニャが父に、玄関ホールでひと悶着あったことを話すと、ルドニェフ氏は首を振り振りこう言った。

「なるほど、そういうことか……。少年を傷つけちゃいけないよ。しばらく弾いてもらって、あとでちょっと考えよう」

少年が狂詩曲を弾き終わると、ルドニェフ氏は真っ先に手をたたき始めた。ほかの客たちも同様に拍手し始めた。少年は顔を赤らめ、胸を高鳴らせながら、高すぎるピアノ椅子から立ち上がった。目でリジヤを探したが、もう大広間にはいかなった。

「素晴らしい演奏だ、君。みんな大変満足しているよ」ルドニェフ氏は、演奏者に近寄って手を差しのべながらやさしく微笑んだ。「ただちょっと心配なのは、あなたが……いやその、お名前をまだうかがっていなかった」

「アザガロフ。ユーリイ・アザガロフです」

「ユーリイ君、ちょっと心配なんだが、一晩中演奏するのは大変ではないかね？　疲れたら遠慮なく言ってください。適当に弾ける人なら誰かいますから。さあ、次は何か勇壮な行進曲を弾いていただけないかな」

『ファウスト』の行進曲の大きな音にあわせて、大急ぎでモミの木のロウソクに火が灯された。するとルドニェフ氏が、自らの手で食堂の扉を大きく開け放した。食堂ではチビっこたちが、不意に飛び込んできた眩《まばゆ》い光と音楽に驚き、動きを止めたまま固まったように、ぽかんとしていた。最初はおずおずと、ひとりまたひとりと大広間に入ってくると、愛らしい顔を上に向け、うっとりと見とれるようにしてクリスマスツリーのまわりを歩き回っていた。けれども数分後、プレゼントが配られると、大広間は騒がしい話し声と金切り声と、幸せそうに響く子どもたちの笑い声で溢れ返った。子どもたちはクリスマスツリーのロウソクの輝きに、モミの木の香りに、勇壮な音楽に、そして素晴らしいプレゼントに酔いしれていた。大人たちがツリーのまわりで踊らせようとしても、子どもたちはひとりまたひとりと輪を抜けて、付き添いの大人に預けておいたおもちゃのところに駆け出してしまう。

チーナは父に気に入られたユーリイを自分が守ってあげようと心に決め、親しげな笑顔を浮かべて少年に駆け寄った。

「今度はポルカを弾いてちょうだいな」

ユーリイがピアノを弾き始めると、白や空色やピンクのドレス、白いレースのズロースがちらちら見える短いスカート、紙の帽子をかぶった亜麻色や褐色の頭が、目の前でくるくる回った。弾きながらユーリイは無意識のうちに、音楽の拍子にあわせて人々がステップを踏む音に耳を傾けていた。すると突然、大広間にただならぬざわめきが起こり、少年は思わず戸口のほうに顔を向けた。

演奏の手を休めずに見ていると、大広間に年輩の紳士が入ってきた。まるで魔法のように、そこに居合わせたすべての人の目が、その人に釘付けになる。背はやや高め、かなり骨太だが、太ってはいない。上流社会の人間に特有の、上品でどこか無頓着、と同時に威厳ある大らかさともいうべきものを備えている。小さな客間でも、千人の群衆の前でも、王宮の大広間でも、同じように自由に振る舞うことに慣れている人だということは、すぐにわかった。何よりも際立っていたのは、その顔だ。ひと目見たら生涯記憶に残るような顔だった。角ばった広い額には、怒っているかのような深いしわが刻まれている。まぶたの落ちくぼんだ目は、重々しく、疲れて不機嫌そうに見える。ひげは剃られ、薄い唇は力強く真一文字に閉じられ、この見知らぬ人が生まれながらにもつ意志の強さを表している。さらに、輪郭のはっきりした角ばった顎が、支配力と忍耐強さの証をつけ加えていた。全体的な印象を決定づけているのは、たてがみのような長い髪。ぞんざいになでつけた濃い髪のおかげで、この個性的で誇り高い顔はあたかもライオンのようだ。

ユーリイは、あとから現れたこの人は、よほど大切な客なのだろうと思った。晴れ晴れとしたルドニェフ氏に伴われて、その人が大広間に入ってくると、おつにすました年輩のご婦人方さえもが、慇懃《いんぎん》な微笑みで迎えていたからだ。皆に何度かお辞儀をすると、見知らぬ人はルドニェフ氏とともに足早に書斎に向かっていったが、歩きながら主人に何か訴えているのが聞こえた。

「親愛なるルドニェフさん、無理ですよ。お断りして、あなたを悲しませたくないんです」

「アントン・グリゴリエヴィチ先生、せめて一曲でも。私にとっても子どもたちにとっても、生涯記憶に残る出来事になるでしょう」と主人は頼み続けていた。

そのときユーリイは頼まれてワルツを弾いていたので、アントン・グリゴリエヴィチなる人の返事が聞こえなかった。ワルツ、ポルカ、カドリールと順に弾いていったが、ただならぬ客の気品のある顔が頭から離れなかった。それどころか、誰かの視線を感じて右のほうを見ると、アントン・グリゴリエヴィチが自分のほうを見ながら、退屈してじれったそうなようすでルドニェフ氏が耳元で話すのを聞いているのに気づき、驚くというより動揺した。

自分のことを話しているのがわかり、ユーリイは言い知れぬ恐怖にも似た不安に駆られて顔をそむけた。しかしそのとき、まさにその瞬間（のちに大人になっても当時の感覚を思い出すことになるのだが……）、アントン・グリゴリエヴィチの冷静な命令口調の声が耳元で響いた。

「もう一度、狂詩曲第二番を弾いてくれたまえ」

ユーリイは弾き始めた。最初はためらいがちに、自信なさそうに、先ほどの演奏よりはるかに出来が悪かったが、徐々に大胆さと魂の叫びを取り戻してきた。威圧するようなただならぬ人がいることで、なぜか彼の心は芸術のときめきで満たされ、指はいつになくしなやかに、思いのままに動いた。生まれてこのかた、こんなにうまく弾けたことはなかったし、これからもないだろうとユーリイは感じていた。

ユーリイは、アントン・グリゴリエヴィチのしかめ面がしだいに晴れやかになり、唇のこわばりが少しずつほぐれていくのに気づかなかったが、拍手を浴びて演奏を終え、振り向いたときには、この魅惑的で不思議な人物は、もう見当たらなかった。そのかわり、意味ありげな笑みを浮かべ、もったいつけて眉をつりあげて、ルドニェフ氏が近づいてきた。

「ほら、ユーリイ君」ささやくように彼が言う。「この封筒を受け取りたまえ。ポケットにしまって、なくさないように。お金が入っていますから。さあ、今すぐ玄関に行って支度してください。アントン・グリゴリエヴィチがあなたをお送りしますから」

「でも僕まだ一晩中弾けますけど」と少年は反論しようとした。

「いいから！」ルドニェフ氏は目を細めて言った。「まさかあの人のことを知らないんじゃないだろうね？　本当に誰だかわからないのかい？」

ユーリイは大きな目をますます大きく見開いて、理解に苦しんでいた。あの不思議な人は、いったい誰なのだろう？

「君、あの人はルビンシテインさんだよ。あのアントン・グリゴリエヴィチ・ルビンシテインなんだよ！　ユーリイ君、心から祝福するよ。本当に嬉しいよ。私のクリスマス・パーティーで偶然こんな贈り物があなたに届くなんて。彼はあなたの演奏がとても気に入ったのですよ……」

着古した制服を着ていた実科中学生は、今では才能ある作曲家としてロシアじゅうに知られるようになり、威厳ある顔をしたただならぬ客は、受難と栄光に彩られた波瀾万丈の生涯をそれ以前に終えていた。しかしユーリイは、決して誰にも明かすことはなかった。あの凍えるようなクリスマスの夜、一緒にそりに乗りながら、偉大な師から言われたかけがえのない言葉を――。

＊この話の舞台は一八八五年。主だった出来事は、作中でルドニェフ家と名づけた家族と近しいM・A・Z婦人から、著者がモスクワで取材した事実に基づくものである（著者注）。

奇跡の医師　*Чудесный Доктор*

この話は、暇つぶしのつくり話などではない。これから私が書くことは、三十年ほど前キエフで実際にあったことであり、今日に至るまで、この話に登場する家族の間に細部にわたるまで大切に語り継がれている実話である。私はといえば、この感動的な物語の登場人物の名を一部変え、口伝えの物語を文章の形に置きかえただけである。

「グリーシャ、ほらグリーシャ！　見て、ブタちゃんだ……笑ってるよ……ほんとに。それに口の中！　見て見て、葉っぱをくわえてる、ほんとに葉っぱだ！……わぁ、面白い！」

食料品店の大きな一枚ガラスの窓の前に立っていたふたりの少年は、こらえきれずに大笑いを始め、互いに肘で脇腹をつつきあいながらも、寒さのあまり無意識のうちに足踏みしていた。ふたりはもう五分以上も、脳みそと胃袋を同じくらい刺激する豪華な陳列物の前に立ちつくしていた。そこには、吊り下がったランプの明るい光に照らされて、真っ赤な固いリンゴとオレンジの山がいくつもそびえていた。居並ぶピラミッドのように積まれたミカンは、薄紙にくるまれ、柔らかな金色に輝いていた。いくつもの大皿の上には、不自然に口がぱっくり開き、目玉が飛び出した大きな魚のくんせいやマリネが横たわっている。下のほうには、ソーセージの輪に囲まれて、バラ色のあぶらみが厚い層をなすみずみずしい腿《もも》肉の切り身が、ひときわ目をひいている。塩漬け、煮物、くんせいの前菜が入った無数の小ビンと小箱が、この見ごたえのある絵画に最期の仕上げを加えていた。ふたりの少年はそれを見ながら、零下十二度の寒さと母からの大切な頼まれごと――あまりにも思いがけず、あまりにもみじめな結果に終わった頼まれごとを、ひととき忘れていた。

年上の少年がまず、この魅力的な光景を眺めるのをやめた。彼は弟の手を引いて、容赦なく言った。

「さあ、ワロージャ、行こう行こう……もういいよ」

少年たちは同時に深いため息をつき（上の子はまだ十歳だったし、ふたりとも朝から味気のないスープ以外何も食べていなかった）、食料品の陳列に物ほしそうな一瞥を最後に投げかけると、急いで通りを駆け出した。時々どこかの家の曇った窓越しに、遠目には明るく輝く点々の大きな塊のように見えるクリスマスツリーが見え、時には楽しいポルカの音さえ聞こえてきた。けれどもふたりは、ほんの少し立ち止まって窓をのぞいてみたいという抗しがたい思いを、懸命に振り払うのだった。

少年たちが歩くにつれて、通りはすっかり人影まばらになり、暗くなっていった。高級な店また店、いくつもの輝くクリスマスツリー、青と赤のブランケットをはおってひた走る馬たち、そりがキーキーときしる音、お祭り気分の人々、かけ声やおしゃべりの楽しげなざわめき、着飾った婦人たちの寒さで赤らんだ笑顔……そのすべてが通りすぎていった。目の前に続くのは、空き地や曲がりくねった狭い路地や暗くてあかりひとつない丘の斜面……。ようやく少年たちは、ぽつんと離れて建つ古ぼけた家にたどりついた。家の下（じつのところ地下室）は石造りだが、上は木造だった。ここの住人たちにとっては天然のゴミ捨て場になっている、狭い、氷の張った、汚い中庭を通ると、ふたりは下に、地下へと降り、暗い共同廊下を進んで手探りで部屋を探し当てると、ドアを開けた。

もう一年以上も、メルツァーロフ一家はこの地下室に住んでいた。少年たちはふたりともずいぶん前から、ススだらけで湿気がシミをつけた壁にも、部屋に渡した洗濯ひもにかかった濡れぞうきんにも、灯油臭や子どもの汚れた下着やドブネズミの臭いといった極貧の臭いにも、すっかり慣れきっていた。しかし今日、街でいろいろなものを目にし、いたるところで祝日の賑わいを実感したあととなっては、小さな子ども心は、子どもらしからぬ刺すような悲しみにしめつけられていた。部屋の隅の汚れた広いベッドには、七歳くらいの少女が横たわっていた。顔はほてり、息づかいは短く苦しげで、大きく見開かれた輝く瞳は、ぼんやりと宙を見ていた。ベッドの隣、天井からぶら下がった揺りかごでは、赤ん坊が顔をゆがめ、ぐったりとして、むせるように泣きわめいていた。やつれ、疲れはて、悲嘆のあまり土気色の顔をした背の高いやせた女が、病気の少女の傍らにひざまずき、娘の枕を整えながらも、揺りかごを肘で押して揺らすのを忘れていなかった。少年たちが入ってきて、それに続いて白い冷気が地下室にどっと入り込んでくると、女は不安げな顔で振り向いた。

「で、どうだった?」彼女は手短に、じれったそうに尋ねた。

少年たちは黙っていた。ただグリーシャが、古い綿入りガウンを仕立てなおした外套の袖で、鼻をぬぐって音をたてただけだった。

「手紙は届けたの?……グリーシャ、おまえに訊いてるのよ、手紙を渡したの?」

「渡したよ」寒さでかすれた声でグリーシャが答えた。

「それで? 何て言ってきたの?」

「教わったとおりに言ったよ。これ、元管理人のメルツァーロフからの手紙です、って。でも、どなられたんだ。『あっちへ行きやがれ、ガキども』って」

「それ誰のこと? 誰と話したの?……グリーシャ、ちゃんと言いなさい!」

「玄関番のおじさんだよ……決まってるじゃない。僕、言ったんだ。『おじさん、この手紙を受け取って渡してください。僕、下で返事を待ってますから』って。でも言われたんだ。『なんだと、おあいにくさま。旦那さまにはおまえたちの手紙なんか読んでいる暇はない』って」

「で、おまえは?」

「言われたとおりに言ったよ。『もう食べるものがないんです……マシュートカは病気で……死にそうなんです……』って。『パパは仕事を見つけたら、きっとあなたに感謝します。サヴェリィ・ペトローヴィチ、ほんとに感謝します』。そう言ったら、ちょうどそのときベルが何度も何度も鳴って、おじさんはこう言うんだ。『ここから早く出て行け！　とっととうせろ！』って。で、ワローチカなんか頭までひっぱたかれたんだ」

「僕、頭ひっぱたかれたんだ」兄の話を注意深く聞いていたワロージャが、そう言って頭をさすった。

年上の少年は、急に不安になってガウンの深いポケットを探り始めた。ようやくそこから、しわくちゃの封筒を引っぱり出すと、それを机の上に置いて言った。

「ほら、これ、手紙……」

母はそれ以上、何も訊かなかった。息苦しくカビ臭い部屋の中で、長々と聞こえていたのは、赤ん坊の激しい泣き声と、一定の調子で続くうめき声にも似たマシュートカの短く早い息づかいだけだった。突然、母親は振り返って言った。

「そこにボルシチがあるよ。お昼の残りだけど……食べるかい？　火がないから冷たいけど」

そのとき、廊下で誰かの危なげな足音と、暗闇でドアをがさごそと手探りしている音が聞こえた。母親と少年ふたり、三人とも張りつめた期待で青ざめさえして、そちらを向いた。

メルツァーロフが入ってきた。夏物のコートを着て、夏物のフェルト帽をかぶり、オーバーシユーズもはいていない。両手は零下の寒さで膨れ上がって青くなり、目は落ちくぼみ、頬はあたかも死人のように歯ぐきに張りつかんばかりだった。彼は妻にひと言も言わず、妻も夫にひと言も尋ねなかった。ふたりは互いの目に読みとった絶望を、互いに理解しあった。

この忌まわしい悲運の年、不幸につぐ不幸が、執拗に、残酷に、メルツァーロフとその家族に襲いかかった。まず彼自身が腸チフスにかかり、その治療のためになけなしの貯金すべてを失った。その後回復すると、月二五ルーブルの管理人のつましい仕事は、すでに別の人に替わっていることを知った。不定期の仕事や筆耕やしがない職を無我夢中で探したり、物を質に入れたり出したり、家族の古着を片っぱしから売ったりする日々が始まった。さらに子どもたちが次々病気になった。三か月前には娘のひとりが亡くなり、今はもうひとりの娘が高熱を出し、意識をなくして横たわっている。エリザヴェータ・イワーノヴナは、病気の娘の世話と、赤ん坊の授乳と、日雇いで洗濯をするために町外れにある家に通うことを同時にこなさなければならなかった。

今日は一日中、マシュートカの薬代を、わずかだろうと、どこからだろうと、途方もない労力を払って調達するのに大わらわだった。そのためにメルツァーロフは、先々で金を無心したり、媚びへつらったりして町じゅう駆け回り、エリザヴェータ・イワーノヴナは町外れの女主人のもとを訪ね、子どもたちは以前メルツァーロフが管理人をしていた家の主人のもとへ使いに出されたのだ。けれども皆、祭日で忙しいとかお金がないとか言いわけしてばかり。そうでなければ、かつての雇い主の玄関番のように、ただ門前払いをくらわせるだけだった。

十分ほど、誰もひと言も発しなかった。突然メルツァーロフが、それまで腰を下ろしていた衣装箱から立ち上がり、意を決したように、古ぼけた帽子を目深にかぶった。

「どこへ行くの？」エリザヴェータ・イワーノヴナが心配そうに尋ねた。

すでにドアの取っ手に手をかけていたメルツァーロフが振り向いた。

「どこでもいいさ。座っていたところで何も始まらない」彼はしゃがれ声で答えた。「じゃあ行ってくる……施しでも頼んでみるさ」

外に出ると、彼はあてもなく歩き始めた。何を探すでもなく、何も期待するでもなかった。道端でお金の入った財布を見つけたり、見知らぬ遠縁のおじから突然遺産が転がりこんだりするのを夢見るような貧困のつらい時期は、もうとっくに経験してきた。今の彼は、おなかをすかせた家族の物言わぬ絶望を見ないですむなら、どこでもいいから脇目もふらずに逃げ出したいという抑えがたい願望にとらわれていた。

施しを頼んでみる？　そんなことならもう、今日二度も試した。けれども最初は、上等な毛皮外套を着たどこかの紳士に、金をせびっていないで働けと説教され、二度目は警察に突き出されそうになったのだ。

いつのまにかメルツァーロフは、町の中心地にあるうっそうと木々が茂る公園の前に来ていた。ずっと坂を上ってこなければならなかったので、息が切れ、疲労を感じた。無意識のうちに木戸をくぐり、雪に覆われた菩提樹が延々と続く並木道を通って公園の低いベンチに腰を下ろした。

そこは静かで神々しいほどだった。白い法衣をまとった木々が、びくともしない威容を誇ってまどろんでいた。時おり、上の枝から雪の塊が滑り落ち、別の枝に引っかかってサラサラと音をたてるのが聞こえた。公園を見守る深い静けさと偉大なる穏やかさが、突然メルツァーロフの傷ついた心に、同じ静けさと穏やかさを求めてやまない気持ちを引き起こした。

『横になって眠りたい……。妻のことも、おなかをすかせた子どもたちのことも、病気のマシュートカのことも忘れたい』そう彼は思った。チョッキの下に手を差し入れると、メルツァーロフはベルトがわりにしていた太い縄を探り当てた。自殺という考えが、ひどくはっきりと頭に浮かんだ。しかし彼は、そんな考えを恐ろしいとも思わなかったし、未知なる闇の世界を前にして、一瞬たりとも身震いすることもなかった。

『じりじりと死に向かうより、もっと近道を選んだほうがよっぽどましじゃないか？』自分の恐ろしい計画を実行に移すために、まさに立ち上がろうとしたそのとき、並木道の向こうから、凍りついた空気の中にはっきりと響く、きしむような足音が聞こえた。メルツァーロフは、腹立たしげにそちらのほうを向いた。誰かが並木道を歩いていた。最初は、ぱっと赤くなったり消えたりする葉巻きの小さな火が見えていた。それから、しだいに老人の姿が見えてきた。背は高くなく、冬の帽子をかぶり、毛皮の外套をまとい、長靴をはいている。ベンチの近くまで来ると、見知らぬ人は急にくるりとメルツァーロフのほうを向き、軽く帽子に手をかけてこう尋ねた。

「ここに座ってもよろしいでしょうか？」

メルツァーロフは、見知らぬ人からわざと顔をそむけ、ベンチの端に座りなおした。五分ほど、互いに黙ったまま時が過ぎた。その間ずっと見知らぬ人は葉巻きをくゆらせ、（メルツァーロフが気配で感じるには）横目で隣の人を観察していた。

「なんと素晴らしい夜だ」突然、見知らぬ人が話し始めた。「冷え冷えとして……静かだ。うるわしきかな、ロシアの冬！」

その声は柔らかくやさしい老人の声だった。メルツァーロフは、振り向きもせずに黙っていた。

「じつは知り合いの子どもたちに贈り物を買いましてね」先を続ける見知らぬ人の手には、いくつかの包みがあった。

「でも、公園を通るために、途中で我慢して回り道をしました。ここはあまりにもいいところですから」

メルツァーロフは本来おとなしく内気な性格だったが、見知らぬ人の今しがたの話を聞いて、激しい怒りがこみあげてきた。彼はだしぬけに老人のほうに向きなおり、押しのけるように手を振り払いながら声を荒げてこう叫んだ。

「贈り物！　贈り物ですか！　知り合いの子どもたちに贈り物だなんて！……それにひきかえ私は……ねぇ、旦那さん、うちには今この瞬間にも、おなかをすかせて死にそうな子どもたちがいるというのに……。贈り物だなんて！……それに妻はお乳が出なくて、赤ん坊は一日中何も口にしていない……。贈り物だなんて！……」

メルツァーロフは、こんなわけのわからぬ苛立ちをぶつけられたら、老人は立ち去ってしまうだろうと思ったが、そうではなかった。老人は、白い頬ひげをはやした、賢そうな、真剣な顔を近づけて、親しげに、しかし深刻な声で言った。

「ちょっと待って……落ち着いてください！　順序だてて全部話してください。できるだけ手短に。もしかしたらご一緒に、あなたのために何か考えつくかもしれません」

見知らぬ人のただならぬ顔つきには、穏やかで信頼できるものがあったので、メルツァーロフはすぐに包み隠さず、とはいえ気がせいて早口で、身の上を語った。自分の病気のこと、仕事を失ったこと、幼い娘の死など、今日に至るまでのありとあらゆる不幸を話した。見知らぬ人はひと言も口をはさまずに聞いていたが、傷つき、憤りに満ちた相手の心の奥底に入り込もうとするかのように、メルツァーロフの目を探るようにじっと見ていた。そして急に、若者のごとき機敏な身のこなしで立ち上がると、メルツァーロフの手をつかんだ。メルツァーロフも思わず立ち上がった。

「行きましょう！」見知らぬ人はメルツァーロフの手を引いて言った。「急ぎましょう！……幸運にもあなたは、医者と出会ったのです。もちろん私とて、何も保証はできません。ですが……行きましょう！」

十分ほどして、メルツァーロフと医者は、もう地下室に入っていた。エリザヴェータ・イワーノヴナは、薄汚い、脂で汚れた枕に顔をうずめて、病気の娘に添寝をしていた。少年たちは、あれからずっと同じ場所に座ってボルシチをすすっていた。父親はなかなか帰らず、母親は身動きもしないので、ふたりは不安がって泣き、汚れた拳で涙を顔になすりつけ、その涙をススだらけの鍋にぽとぽとこぼしていた。医者は部屋に入ると外套を脱ぎ、時代遅れの着古した背広姿になって、エリザヴェータ・イワーノヴナに近づいた。彼女は医者が近づいてきても頭を上げなかった。「もう大丈夫、大丈夫ですよ、お母さん」と彼女の背中をさすりながら医者は言った。「さあ起きて！　病気の娘さんを見せてください」

先ほど公園にいたときとまったく同じように、医者の声はやさしく、説得力があり、響くものがあったので、エリザヴェータ・イワーノヴナはベッドから瞬時に起き上がって、おとなしく指示に従った。そして二分後には、グリーシャはもう奇跡の医者に言われて近所の人からもらってきた薪をペチカにくべ、ワロージャは一生懸命サモワールの火をおこし、エリザヴェータ・イワーノヴナはマシュートカに温湿布を施していた……。しばらくするとメルツァーロフも戻ってきた。医者にもらった三ルーブルで、なんとかお茶と砂糖と白パンを買い、近所のはたご屋で温かい食べものを手に入れてきたのだ。医者はテーブルにつき、手帳から破りとった紙切れに何か書いていた。書き終えて、下のほうに署名代わりに独特の印を描くと、立ち上がって、書いたものに茶皿をかぶせてこう言った。

「さあ、この紙を持って薬局へ行きなさい。二時間ごとに茶さじで飲ませなさい。これでおチビちゃんの痰を吐かせます。温湿布は続けてください。それから、娘さんの具合がよくなっても、明日とにかくアフローシモフ先生を呼んでください。有能な医者で、いい人ですから。私からも先生に知らせておきます。では皆さん、失礼します。来年は皆さんにとって、今年よりも恵み豊かな年でありますように。それと大切なのは、決して気を落とさないことですよ」

まだ驚きから立ち直っていないメルツァーロフとエリザヴェータ・イワーノヴナと握手を交わし、口をぽかんと開けたワロージャの頰をちょっとなでると、医者は素早く長靴に足を突っ込み、外套をはおった。メルツァーロフは、医者がもう廊下まで進んだときにようやく我に返り、あとを追って駆け出した。

真っ暗で何も見分けがつかないので、メルツァーロフはやみくもに叫んだ。

「先生！　先生、待ってください！　先生のお名前を聞かせてください！　うちの子たちにも先生のためにお祈りさせますから！」

そう言って、見えない医者をつかまえようと手探りしていた。けれどもそのとき、廊下の向こう端からやさしい老人の声が聞こえた。

「おやおや！　そんなことはどうでもいいから！……早く家にお戻りなさい！」

メルツァーロフが家に戻ると、嬉しい驚きが待ち受けていた。茶皿の下に、奇跡の医者の処方箋とともに、数枚の高額紙幣があったのだ。

その晩、メルツァーロフは思いがけない恩人の名前を知った。薬の入った小ビンに貼られた薬局のラベルに、薬剤師の手ではっきりとこう書かれていた。〈ピロゴフ教授の処方による〉

と――。

私はこの話を、グリゴーリイ・エメリヤノヴィチ・メルツァーロフ本人の口から何度も聞いた。クリスマスイブに、具のないボルシチが入ったススだらけの鍋に、涙をぽろぽろこぼしていた、あのグリーシャだ。いま彼は、ある銀行のかなり重要な責任ある役職についており、貧しい人の気持ちがわかる誠実な人物だともっぱらの評判である。そして彼は、奇跡の医者の話を語り終えるたびに、涙をこらえて声を震わせながら、こう言うのである。

「このときから、私たち家族のもとに、幸運をもたらす天使が降りてきたのです。何もかもが変わりました。一月の初めに父は職を見つけ、マシュートカは回復し、弟と私は国費で中学校に通えるようになりました。あの聖人は、本当に奇跡を起こしたのです。でも私たちが、我らが奇跡の医者の姿を見たのは、それ以来一度だけ。亡くなって、ヴィーシニャのお屋敷に運ばれていったときだけです。でも目にしたのは、もう彼ではありませんでした。生前の奇跡の医者に宿り、輝いていた、あの偉大さ、力強さ、神々しさは、永久に消えてしまったのです」。

哀れな王子さま　*Бедный Принц*

1

「まったくずるいんだから！」九歳のダーニャは、白クマの毛皮の上に腹ばいになって、両足を宙に上げ、靴の踵と踵を当ててコツコツ鳴らしながら、腹立たしげにそう思う。「まったく！大きいってだけで、あんなに嘘つきになれるなんて。僕を暗い客間に閉じ込めておいて、自分たちはクリスマスツリーの飾りつけを楽しんでさ。しかも僕に、そのことにまるで気づいていないような顔をしていてほしいんだ。大人ってのは、そういうもんさ！」

外にはガス灯がともり、窓ガラスに貼りついた雪の結晶を金色に染め、ベニオオギヤシとゴムの木の葉を通して、金色の模様をうっすらと床に映し出している。薄暗がりの中で、グランドピアノの丸みのある側面が、微かに光を放っている。

「そもそもクリスマスの何が楽しいんだろう？」と、ダーニャはなおも考える。「知り合いの男の子や女の子がやって来て、大人たちのお望み通り、お利口ないい子のふりをする。みんなそれぞれ家庭教師か年とったおばさんに連れて来られてさ。ずっと英語でしゃべらされるんだ。で、動物か植物か町の名前を必ず言わなきゃならない、ひどくつまらないゲームをやらされる。そうすると、大人たちは決まって口出しをして、子どもたちの間違いをなおすんだ。無理やりクリスマスツリーを囲んで手をつながされて、何かの歌を歌わされて、何かのために拍手させられて、そのあとみんなでツリーの下に座る。そうするとニカおじさんが、不自然で芝居がかった、まるでソーニャの乳母が話すときみたいなおっかない声を出して、お金持ちの豪華なツリーを見ながら外で凍えている貧しい男の子の話を聞かされるんだ。そのあと、定規セットか地球儀か子どもの絵本をくれる。スケート靴やスキーなんか、まずくれるもんか。で、寝かされるってわけさ。

ああやだ、大人は何もわかっちゃいないんだから……。パパだって……。パパは町で一番えらい人で、もちろん一番物知りで、だからみんなに町長さんて呼ばれてるけど……。でもパパもあんまりわかってない。パパは未だにダーニャはおチビちゃんだと思っている。ダーニャがずっと前から有名なパイロットになって、南極と北極を発見しようとしてると知ったら、どんなにびっくりするだろう。もう飛行機の設計図もできていて、あとはよく曲がるスチールの細長いパネルとゴムホースと、家より大きな絹の傘をどこかで手に入れるだけ。本当にそういう飛行機に乗って、ダーニャは毎晩夢の中で見事に空を飛んでいるのさ」

少年は白クマの毛皮からのろのろと立ち上がり、足をひきずって窓辺に近寄り、ヤシの林のように見える雪の結晶に息を吹きかけ、袖で窓ガラスをこすった。ダーニャはやせ気味だが、すらりとした丈夫な子だ。身にまとうのは、こげ茶色の別珍のジャケットとお揃いの膝丈《ひざたけ》のズボン、黒いゲートル、底の厚い編上げ靴、のりのきいた折り襟、白いネクタイ。淡い色の短く柔らかな髪の毛を、大人と同じようにイギリス風に真ん中で分けてなでつけている。可愛らしい顔は、ひどく青白い。新鮮な空気が足りないせいだ。というのも、風がちょっとでも強くなったり、外気が零下六度以下になったりすると、散歩させてもらえないからだ。もし外に連れて行ってもらえたとしても、その三十分前にあれやこれやにくるまれる。脚絆《きゃはん》や毛皮のオーバーシューズ、山羊の毛で編んだ暖かいショール、耳あてつきの帽子、防寒ずきん、ケワタガモの羽毛が入ったコート、リスの毛皮の手袋、手を温めるマフ……。散歩なんかいやになる！　しかも必ず、赤らんだ長い鼻、吹き出物に縁どられた薄い唇、魚のような目をした背高のっぽのミス・ジェナーズに、チビっこみたいに手を引かれる。そんなとき、楽しげにほっぺを赤くして、汗ばんだ幸せそうな顔をした町の少年たちは、木のスケートを片方だけ履いて歩道を飛ぶように滑ったり、互いにそりに乗せ合ったり、雨どいからつららを折って、おいしそうにジャリジャリと嚙み砕いたりしている。わあ！　一生に一度でいいから、つららを味見してみたい。きっととてもおいしいだろうなぁ。でも、そんなのムリ！「ああ、風邪ひくわ！　ああ、ジフテリアよ！　ああ、ばい菌よ！ああ、汚らしい！」

「まったく、うちはそんな女たちばっかりだ！」ダーニャは大好きな父親の口癖を真顔で真似ながらため息をついた。「うちは女だらけ。カーチャおばさん、リーザおばさん、ニーナおばさん、ママ、イギリス人の家庭教師……女たちといったたって、ただ年をとってるだけで、女の子と同じだけど……。大変大変と声を上げ、せかせか動き回り、キスが大好きで、何でも怖がる。ネズミに風邪に犬にばい菌……。それにダーニャも女の子扱いされている。ダーニャはそんなんじゃない！　あるときはコマンチ族のリーダー、あるときは海賊船の船長、そして今では有名なパイロットでえらい探検家なのに！　いやだ！　やってやるよ。乾パンをつくって、パパのワインを小ビンに入れて、三ルーブル貯めて、見習い水夫として帆船に乗ってこっそり逃げよう。お金を集めるのは簡単だ。ダーニャにはいつも町の慈善事業のためにとっておいたお小遣いがある。

いや、みんな夢だ、夢でしかない……。大人相手ではどうにもならない。女たちとなったら、なおのこと。すぐに気づかれて取り上げられる。乳母がよく言っている。「あんたはうちの王子さまだよ」って。確かにダーニャも小さい頃、自分は魔法の国の王子さまだと思っていた。でも大きくなった今は知っている。自分は退屈で裕福な王国に住まわされている哀れで不幸な王子さまなのだと――。

2

窓は隣の庭に面している。見慣れない奇妙なあかりが、空中であちらからこちらへと流れ、上がったり下がったり、一瞬消えてはまた現れたりしているのが、急にダーニャの気を強く引きつける。窓ガラスに口で息を吹きかけて、少し大きくのぞき穴をつくり、街灯の光をさえぎるようにして掌で囲みながら、穴に目を近づける。今降ったばかりの雪の鮮烈な白さを背景にして、肩を寄せ合う子どもたちの小さな塊がはっきりと見える。彼らの頭上には、暗がりでよく見えない長い棒の先に、何かのあかりで内側から照らされた大きな色とりどりの紙でできた星が、空中で泳ぐようにして揺れ動いている。

ダーニャはその子たちをよく知っていた。大人たちから「悪ガキ」とか「不良」と呼ばれている近所の貧しいボロ家の子どもたち。靴磨きや掃除夫や洗濯女の息子たちだ。なのにダーニャの心は、妬みと喜びと好奇心でいっぱいになった。乳母から南部の古い習慣を聞かされたことがある。クリスマスの前に、子どもたちがお金を持ち寄って星とイエスの厩《うまや》を作り、それを持って知ってる人や知らない人の家を訪ね、クリスマスの歌や聖歌を歌い、そのお礼にハムやサラミやピロシキや小銭をもらうというのだ。とてつもなく大胆な考えが、ダーニャの頭に浮かぶ。どれほど大胆かというと、その瞬間、下唇を噛み、びっくりしたように目を大きく見開き、体が縮みあがったほどだ。でもダーニャはそもそもパイロットであり、極地探検家ではなかったか。遅かれ早かれ父にこう打ち明けることになるのだ。「お父さん、心配しないで。僕は今日、自分の飛行機に乗って海を越えていきます」。そんな物騒な言葉に比べたら、こっそり服を着て外に飛び出すことなど、たいしたことじゃない。玄関番の太っちょじいさんが、玄関ホールに突っ立っていないで、階段下の自分の小部屋にいてくれさえすれば、助かるのだが……。暗がりの中、音もなく動きながら、コートと帽子を玄関ホールで手探りで見つける。脚絆も手袋もないが、ほんのちょっとの間だから！　アメリカ式の鍵をあけるのに、かなり手こずる。足がドアにぶつかり、階段じゅうに音が響いた。幸いにも、明るく照らされた玄関ホールには誰もいない。息を止め、ドキドキしながら、ダーニャは重いドアをなんとかこじ開け、ネズミのように通り抜けて、外に出た！　真っ暗な空、足元できしむ白く滑りやすく柔らかい雪、歩道にちらつく街灯の光と影、冬の空気の芳しい匂い、解放感と孤独と途方もない勇気。すべてが夢のようだ！

3

ダーニャが外に飛び出したちょうどそのとき、隣の家のくぐり戸から《悪ガキども》が出てきた。少年たちの頭上には、赤色、バラ色、黄色の光で輝く星がゆらめいていた。クリスマスの歌を歌う集団の中で一番年上の少年が、ボール紙と色とりどりの煙草の巻き紙でつくられ、内側から照らされた小さな家を両手で抱えていた。「イエスの厩」だ。その少年は、ほかでもない、イエヴレフ家の御者の息子だった。ダーニャは少年の名前こそ知らなかったが、馬車置き場や馬小屋のそばを通りかかると、その子がたびたび父親のあとについて大真面目で帽子を脱いでいたのを覚えていた。つくりものの星が、ダーニャのそばに来た。ダーニャは迷いながらも鼻をすすって、低い声でこう言った。

「みなさん、僕も入れてよぉぉ」

子どもたちが立ち止まった。しばしの沈黙。誰かがかすれた声でこう言った。

「何の用だ⁉」

するとと皆が口々に言った。

「あっち行けよ。おまえとはつき合っちゃだめだってさ」

「お呼びじゃないし」

「それにずるいよ。俺たちは八コペイカ出し合ったんだ」

「みんな、こいつはイエヴレフの坊っちゃんだぜ。ガランカ、おまえんとこのご主人だろ？」

「そうだ！」ひどく恥かしそうに、御者の息子が答えた。

「うせろ！」最初のかすれ声の少年が、きっぱりと言った。「おまえの来るところじゃない」

「そっちこそ、うせろ」とダーニャは怒った。「ここは僕の町だ。君たちのじゃない！」

「おまえの町なもんか。国のものだ」

「違うよ、僕のだ。僕とパパのだ」

「じゃあ痛い目にあわせてやろうか。誰の町かわからせてやる」

「できるもんか！　パパに言いつけてやる。パパに鞭でたたかれるぞ」

「おまえのパパなんか、ちっとも怖くないさ。帰れ、帰れ。俺たちは出資してるんだぞ。星のお金を出してもいないくせに入り込んできて……」

「お金なら出すつもりだったのに。仲間に入れてもらえるように五〇コペイカきっちり。でももうあげない！」

「嘘いえ！　五〇コペイカなんか持ってないくせに」

「いいや。あるよ！」

「見せてみろ！　嘘つき」

ダーニャはポケットの中でじゃらじゃらとお金を鳴らした。

「聞こえるか？」

少年たちは黙り込んだ。結局、かすれ声の男の子が二本の指で手鼻をかんでこう言った。

「ふーん、そうか……じゃあお金を出して仲間に入れ。てっきりおまえがタダで入ろうとしているのかと思った！　おまえ歌えるか？」

「何を？」

「ほら、『ハリストス、わが神よ、汝の降誕は……』とか、クリスマスのいろんな歌……」

「歌えるさ」ダーニャはきっぱりと答えた。

4

素晴らしい夜だった。星はあかりのともる窓々の前に止まり、あちこちの庭に入り、地下室に降り、屋根裏部屋によじ登りもした。ドアの前に立ち止まると、グループのボスで、先ほどダーニャとやり合った一番背の高い男の子が、かすれた鼻声で歌い始めた。

「ハリストス、わが神よ、汝の降誕は……」

ほかの十人は、調子はずれだが張りきって歌っていた。

「世界に知恵の光を照らせり……」

時々ドアが開き、玄関ホールに通された。すると少年たちは、王女が険しい山を登り、天から赤い星が落ち、キリストが生まれ、ヘロデは大いに怒った……と、いつ終わるともしれないクリスマスの歌を長々と歌い始めた。そして気前よく切り分けられたサラミや卵、パン、豚肉の煮こごり、子牛肉の塊をもらうのだった。中に入れてくれない家では、わずかばかりの硬貨をくれた。お金はリーダーのポケットにしまわれ、食べ物は大きな袋にまとめて詰め込まれた。別の家では、歌声が聞こえるなりドアが開き、ほうきを持った太っちょ女が飛び出してきて、恐ろしい声でこう叫んだ。

「なぐるよ、このろくでなしども。汚らしいルンペン。シッシッ！　帰りなさい！」

一度など、とんがりずきんから凍りついた白い口髭をはみ出させた巨体のお巡りさんが、食ってかかってきた。

「おい、おまえたち、何をぶらぶらしてるんだ!? 交番にしょっぴくぞ！ どういうつもりだ？え？」

お巡りさんは足踏みしながら、獣のような声でどなった。銃声を聞いたスズメの群れのように、小さな歌い手たちは町じゅうに散っていった。火がちらつくように、赤い星が空中高く跳ね上がる。ダーニャは追っ手から全速力で逃げるのが、おっかなくもあり楽しくもあった。編み上げ靴が滑りやすく不安定な歩道に当たり、野生の馬のひづめのような音を立てるのが聞こえる。耳まですっぽり毛皮帽をかぶった男の子が、ダーニャを追い越そうとしてうっかり脇腹にぶつかる。走ってきた勢いで、ふたりとも大きな雪だまりに顔から突っ込んだ。途端に雪がダーニャの口と鼻に入り込んだ。雪は冷たくふんわりした綿毛のようにやさしく柔らかで、ほてった頬にあたる感触は、みずみずしく、くすぐったく、甘やかだった。町角まで来ると、少年たちは立ち止まった。お巡りさんはもう追いかけようとはしなかった。そこで少年たちはほっとして町内を歩き回った。店の売り子たちや地下の住人たちや屋敷番の小屋に立ち寄る。ダーニャは温室育ちの顔立ちと上品な服装のせいで目立っていたので、みんなの陰に隠れていた。けれども誰よりも心を込めて、頬をほてらせ、目を輝かせ、新鮮な空気と目新しい行動と、夜の冒険という特別な体験に酔いしれながら歌っていた。楽しく生き生きとした至福のひととき、ダーニャは魔法のようなクリスマスの歌と赤い星のこと以外、夜遅いことも、家のことも、ジェナーズ先生のことも、何もかもすっかり忘れていた。ニンニク入りの太くて冷たい小ロシアのサラミをひと切れ、歯を凍りつかせて歩きながら食べるのがなんと楽しいことか。こんなにおいしいものを食べるのは生まれて初めてだった！

星の少年たちが焼き立てのロールパンと甘いビスケットをごちそうになって、パン屋から出てきたそのとき、召使いと玄関番と乳母と女中を従えたニーナおばさんとジェナーズ先生とばったり出くわし、ダーニャは小さく驚きの声を上げた。

「ああよかった、やっと見つけたわ！……まあ、なんて格好なの！　オーバーシューズもずきんもなしで！　おまえのおかげで家中みんなヘトヘトよ。悪い子なんだから！」

クリスマスの歌い手たちは、もうあたりにいなかった。先ほどのお巡りさんのときのように、少年たちは危険を察するや否や、あちこちに逃げ出し、バタバタと走る足音が遠くから聞こえるだけだった。

片手はニーナおばさん、片手はジェナーズ先生につかまれて、脱走犯は家に連れ戻された。ママは涙に暮れていた。家の人たちが、家の隅々やご近所や町内を無我夢中で走り回っていた二時間というもの、ママが何を思っていたのかは知るよしもない。パパは無理に怒って険しい顔をしようとしたが、息子が無事なのを見て喜びを隠しきれなかった。ダーニャがいなくなって、パパはママほど取り乱すことなく、その間にすでに町の警察署に助けを求めていたのだ。

いつものように正直に、ダーニャは自分の冒険を詳しく話した。明日きついお仕置きをすると脅かされ、着替えるように命じられる。しばらくすると、ダーニャは体をきれいに洗ってもらって新しいスーツを着て、遊びに来ていた子どもたちの前に現れた。ダーニャの頬はさっきまでの高揚感で赤く染まり、瞳は心地よい寒さのせいで楽しそうにきらきら輝いていた。英語のできるお行儀のいい子のふりをするのはひどく退屈だったが、迷惑をかけたことを真摯に償うようにして、きちんと踵をそろえ、奥さま方の手にキスをし、小さなお客たちのお相手を丁重に務めるのだった。

「確かに外の空気はダーニャの体にいい」と、パパは書斎のほうからダーニャを眺めながら言った。

「みんなはあの子を家に閉じ込めすぎだ。見てごらん、男の子は外で遊び回ったほうが、ずっと元気に見えるじゃないか！　男の子は温室で育てるものじゃないさ」

けれども家の女たちは、みんなでパパに噛みついて、ばい菌やジフテリアや扁桃腺や悪いマナーの恐ろしさを口々に語るので、パパは顔をしかめながら手で制して声を張り上げた。

「もういい、もういい！　いいさ、いいさ。好きにしたまえ……。まったく、うちはそんな女たちばっかりだ！」

青い星　*Синяя Звезда*

むかしむかし、ある山の中に、温和で素朴な民がのどかに暮らしておりました。切り立った崖と深い谷と大きな森とにさえぎられ、山の下の世界と行き来することもありませんでした。そこへ、よろいをまとった兵士たちが、南の国から山をよじ登ってやってきたのですが、それがいつのことだったか、今となっては知るよしもありません。

見るからに強そうで、背の高い兵士たちは、おっとりとした民が暮らし、温暖な気候とおいしい水と豊かな大地に恵まれたこの場所がたいそう気に入り、ここに住むことにしました。もとから住んでいる人々は、憎しみも武器も知らなかったので、力づくで征服する必要もありませんでした。そこで兵士たちは、重いよろいを脱ぎ捨て、土地の美しい娘たちを妻に迎えました。そして、自分たちをここまで導いてきた指導者エルンを新しい国の王さまに選び、エルンの子孫を代々跡継ぎとすることにしました。遠いむかしの素朴な時代には、まだそんなことがあったのです。

それから約千年たちました。兵士たちと、もとからの住民は、何世代にもわたって結婚を繰り返したため、子孫たちは話す言葉も同じなら、顔立ちや姿形もそっくりになっていました。兵士たちがむかし使っていた古い言葉は、代々の王たちでさえほとんど忘れてしまい、使われるとしても宮廷の中だけ。それも、大切な式典や儀式のとき、あるいは高貴なものを言い表すときだけでした。

アメリカの先住民が平和の勇士ハイアワサを、フィンランド人が呪術師ワイナミョイネンを、ロシア人がウラジーミル太陽王を、ユダヤ人が預言者モーゼを、フランス人がカルル大帝を、英雄物語の中に書き残したように、エルン一世、エルン大帝、エルン聖人とも呼ばれた初代の王さまの功績は、伝説となって人々に語り継がれていきました。

エルン一世は人々に、小麦や野菜の育て方や、鉄のつくり方を教えました。文字と芸術を知らしめ、読み書きを教え、法律をつくったのも、賢者エルン一世でした。王はまた、お祈りの言葉も教えました。もとからの住民にはさっぱり意味のわからない言葉だったのですが、いつしか誰もがお祈りを唱えるようになりました。そしてエルンの国で一番大切にされたのが、「嘘をついてはならない」という法律でした。

エルンの国では、男も女も分け隔てなく平等で、あらゆる称号も特権も、エルン一世が王になった日から廃止されました。王自身も、自分に称号があるとすれば、「国民のしもべ」にほかならない、と宣言しました。

エルン一世はまた、最初に生まれた子どもが男の子であっても女の子であっても、自分の意志で結婚したときに王位を継がせる、という法律を定めました。そしてエルン一世が最後にしたことは、兵士たちと一緒にあれほど苦労してよじ登ってきた山道を壊し、永遠に人がたどりつけないようにすることでした。自分たちが捨ててきた下界の文明国にはびこる誘惑や憎しみを、王はよく知っていたからです。

それ以来、歴代のエルン王のもとで、エルンの国は華やかに栄え、丸千年もの間、戦争も犯罪も貧困も知らず、清らかで満ち足りた生活を送ってきたのでした。

千年の歴史をもつ王さまのお城には、エルン一世の遺品が今も残されていました。よろい、かぶと、剣、槍といった戦争の道具もありましたが、不思議なことに、誰がどんなに力をこめても、少しも持ち上げることができませんでした。剣を両手でつかんでも、振り上げることさえできないのです。「狩りの間」の壁には、エルン一世が短剣で刻んだいくつかの言葉が残されていましたが、誰もそれを読むことができませんでした。このほかに王の肖像が三点残されていました。ひとつ目は細かいモザイクでつくられた横顔、ふたつ目は絵の具で描かれた正面を向いた顔、三つ目は大理石の彫像でした。

けれども、一流の芸術家が愛情を込めてつくったにもかかわらず、どの肖像も、初代王を尊敬してやまない人々をがっかりさせるものばかりでした。というのも肖像を見る限り、偉大なる初代王エルン一世は、悪い人には見えないものの、例えようもないほど、みにくかったからです。それでも自分たちの美しさをいつも誇りに思っていたエルンの国の民は、伝説となっている初代王の心の美しさを持ち上げ、顔のみにくさには目をつぶっていました。

遺伝というのは、予測できないものです。時に父親にも母親にも似ず、おじいさんやひいおじいさんにも似ず、なのに何世代も前の遠い先祖にそっくりな子どもが、ひょっこり生まれてくることがあります。エルン王朝の年代記には、初期の頃はみにくい王子の誕生が記されていましたが、時がたつにつれ、初代王に似た子どもが生まれることは、ほとんどなくなりました。ただ、ひとつだけ言っておくと、生まれつきみにくい王子たちは皆、やさしく、賢く、誰からも好かれる明るい性格でした。そんな救いがあったおかげで、美しいものを愛し、独特の美意識をもつエルンの国の人々も、みにくい王子たちを受け入れていたのです。

現在の王エルン二十三世は、心やさしく、とびきりの美男子で、国一番の美少女と熱烈な恋をして結ばれました。けれども結婚してから丸十年もの間、子宝に恵まれませんでした。それだけに、十一年目に待ちかねた知らせが届いたとき、国民がどれほど喜んだことでしょう。敬愛する王妃が、ようやく母になるのです。王夫妻にようやく訪れた幸せと、エルン一世から続く家系が途絶えずにすんだことを、人々は心から祝福し、二重の喜びに沸きました。半年後、エルナ王女十三世と名づけられた女の子が、無事に生まれたことを知って、人々は歓喜の声をあげました。

その日、エルンの国では、幼な子の誕生を祝って、誰もがワインの盃をくみかわしていました。

ところが宮殿だけは、浮かれ騒いではいませんでした。宮仕えの産婆は、赤ん坊をとりあげるなり、悲しそうに首を横に振り、思わず息をもらしました。赤ん坊が連れてこられ、その姿をひと目見た王妃は、両手を合わせて声をあげました。

「まあ、なんてみにくい子でしょう！」そう言って涙をこぼしましたが、それも一瞬のこと。すぐに両手を伸ばしてこう言いました。

「いいえ、いけない。赤ちゃんをすぐに抱っこさせて。こんなにみにくくて可哀そうなのだから、その分たくさんたくさん愛してあげましょう」

ひどく失望したのは、王も同じでした。

「運命はなんと残酷なんだ！」と王は言いました。

「エルン王朝にみにくい王子がいたことは聞いていたが、みにくい王女は初めてだ。願わくば、せめて美しい心と賢い頭に恵まれますように」

王に忠実な国民も、生まれた幼な子がみにくいことを知ると、同じように祈りました。

赤ん坊は日に日に成長し、ますますみにくくなっていきました。けれども王女はまだ自分のみにくさを知らなかったので、悩みひとつなく、よく眠り、よく食べ、明るく元気な子に育ちました。三歳になると、王女がエルン一世の肖像に驚くほどよく似ていることが王室じゅうに知れ渡りました。そして年端もいかぬうちに、性格のよさが表れてきました。やさしく、我慢強く、穏やかで、気配りができ、人々や動物を愛し、頭がよく、いつも笑顔を絶やさない少女になっていったのです。

そんなある日、王妃が王のもとにやってきて、こう言いました。

「陛下、旦那さま、娘のことでぜひお願いしたいことがございます」

「言ってごらん、愛しいおまえの頼みなら、聞かないわけがないではないか」

「娘はすくすく育ち、体の成長を追い越すほど、並はずれた知能を神さまから授かりました。愛しいエルナが、人と比べて自分の顔がどれほどみにくいか、気づいてしまう運命の日がじきにやってくるでしょう。それを知ってあの子が、今だけでなく、これから一生、大きな悲しみと痛みを背負っていくかと思うと心配でなりません」

「そなたの言うとおりだ。しかし、愛する娘に降りかかる避けようもない衝撃を、どうやって退けたり和らげたりすることができようか」

「陛下、馬鹿な考えだとお怒りにならないでください。エルナが決して鏡に映る自分の姿を見ないようにするのです。そうすれば、たとえ誰かが悪意や不注意から、あの子のことをみにくいと言うことがあっても、それがどれほどのみにくさか、決して気づくことはないでしょう」

「そのために何を望むというのか？」

「はい……エルンの国からひとつ残らず鏡をなくすのです！」

王は深く考え込むと、こう言いました。

「国民は、さぞかし不自由することだろう。偉大なる先祖が定めた男女平等の法律のおかげで、エルンの国の民は、男も女も同じように身だしなみに気を使っているからね。しかし国民は我々を深く愛し、王室に忠誠を誓ってくれている。きっと彼らは、喜んでささやかな犠牲を払ってくれるだろう。私は今日にでも、ガラス製だけでなく金属製も、この国にあるすべての鏡を処分するよう勅令を出そう」

王が国民を見る目に狂いはありませんでした。幸福な時代に王家と親密な家族のような関係を築いていた人々は、王の勅令にどれほど痛ましい理由があったのか、深い同情をもって理解し、すべての鏡とその破片すらも国の警備隊に差し出しました。わざと髪をくしゃくしゃにし、顔を泥だらけにして、宮殿前でふざけて行進してみせるいたずら者もいましたが、多少の不満があっても、国民がこうして笑って過ごすうちは、王も安心して眠ることができました。

そうは言っても、国民が払った犠牲は、相当なものでした。なにしろエルンの国の川という川は、とても流れが早くて姿見の代わりにはならなかったのですから……。

王女エルナは十五歳になりました。元気でたくましく、背の高い男性を頭ひとつ越すくらい、のっぽの女の子に成長しました。刺繍をするのも、ハープを弾くのも、同じくらい上手でした。ボール投げでは右に出る者はいませんでしたし、野生のヤギのように崖の上を歩き回るのも朝飯前でした。やさしさ、思いやり、正義感、憐れみの心が、王女から溢れ出し、まるで光のように周囲に明るさとぬくもりと喜びをもたらしました。病人やお年寄りや貧しい人を見ると、王女は決まって手を差し伸べました。傷を見つければ上手に包帯をまき、薬草の効能と特徴もよく知っていました。天上の神から地上の王に与えられた一番の贈り物は、エルナ王女の奇跡の手でした。その手で患者に触れると、どんな病気も治ったのです。国民はエルナを崇め、いつどこに行っても王女は祝福で迎えられました。けれども時々、いいえ、たびたび、敏感なエルナは気づくのでした。憐れみや同情が込められた眼差しが、自分にちらちらと注がれていることに……。

『私はみんなと違うのかしら』と王女は思い、侍女たちに何度も尋ねてみました。

「教えてちょうだい、私はきれい？　きれいじゃない？」

エルンの国に嘘つきはいないので、侍女たちはいつも正直にこう答えていました。

「美人ではないかもしれませんが、間違いなくこの世のすべてのお嬢さんや奥さま方の中で、一番可愛く、賢く、やさしいお方です。将来お婿さんになる方も、きっと同じことをおっしゃるでしょう。ただ、私たち女性には、同性の魅力を正しく見る目がないのですが……」

確かに、女性たちにとってエルナの外見を判断するのは容易ではありませんでした。背の高さも体格も顔立ちも、ほかの女性たちとは少しも似ていないのですから。

エルナがこの国の法律で大人とみなされる十五歳を迎えた日、宮殿では贅を尽くした晩さん会と華やかな舞踏会が開かれました。翌朝、心やさしいエルナは、ゆうべの祝宴で残ったごちそうを小さなカゴに詰めて腕にぶら下げ、大好きな乳母が住む、四里離れた山あいに出かけました。

いつもと違って、朝の散歩も澄んだ山の空気も、エルナの心を弾ませることはありませんでした。ゆうべの舞踏会で心に引っかかったことが、頭から離れなかったのです。エルナの心は万年雪のように清らかでしたが、女の勘と鋭い観察眼、そして思春期特有の感じやすさから、いろいろなことに気づいていました。エルナは若い男女が踊りながら、うっとりするような目で見つめ合っているのを見逃しませんでした。そんな語りかけるような眼差しは、エルナには一度も向けられたことがありません。向けられるのは、尊敬のこもった微笑みと深々としたお辞儀。そこにあるのは、王女を敬う気持ちと上品な礼儀正しさだけでした。いつもお決まりの、この痛ましい憐れみ！ 私って本当はみにくいのかしら？ 人をいやな気持ちにさせるほどみにくいの？ だから誰も私にそう言えないの？

そんな悲しい思いに浸りながら、エルナは乳母の家にたどりつき、ドアをノックしました。けれども返事がないのでドアを開け（この国にはまだ鍵というものがなかったのです）、中に入って乳母を待つことにしました。これまでも乳母が留守のときは、こうやって待っていたのです。

窓辺に座ってひと休みし、物思いにふけりながら、王女は見慣れた家具や日用品をぼんやりと眺めていました。と突然、乳母が大切にしていた小箱に目がとまりました。小箱の中には、乳母の子ども時代や少女時代、初恋や結婚や宮仕えにまつわる、ありとあらゆるガラクタがしまい込まれていました。色とりどりの小石、ブローチ、刺繍、リボン、スタンプ、指輪、素朴で安っぽい小物……。王女は幼い頃から、乳母の思い出の品をひっかき回して遊んでいたものでした。ひとつひとつの品にまつわるお話を覚えているのに、いつも同じ話を何度でも心をときめかせて聞いていました。それにしても、なぜこの小箱がこんなに目につくところにあるのかしら。ふと王女は思いました。いつもこの箱は見えないところにしまわれていましたし、王女がひとしきり遊び終わると、乳母は再びきれいな端切れに包んで大事そうにしまっていました。

「きっと急用があって家を飛び出して、しまい忘れたんだわ」王女はそう思い、テーブルの前に座り、遠慮なしに小箱を膝にのせ、馴染み深い小物を次から次へと出しては膝の上に広げていきました。そのうちに箱の底が見えてきて、突然、先のとがった大きな平たい破片のようなものに気がつきました。エルナはそれを取り出し、じっと見つめました。表は赤く、裏は銀色に輝き、まるでその奥に何かあるかのようでした。のぞき込むと破片の中に、ほうきが立てかけられた部屋の隅が見えました。少し傾けると、古くて細長い木製のたんすが映り、さらにもう少し傾けると……浮かび上がったのは、まったく見覚えのないみにくい顔でした。

王女が眉をつり上げると、みにくい顔も同じように眉をつり上げます。頭を下げると、やはり真似をします。手で唇をさすると、破片の中でも同じ動作をしています。その瞬間エルナは、この不思議な物体の中からこちらを見ているのは、自分自身の顔だと気づきました。鏡をぽとりと落とし、両手で目を覆い、悲しみのあまりテーブルに顔を伏せました。

乳母が帰ってきたのは、ちょうどそのときでした。王女としまい忘れた小箱を見て、すぐにすべてを悟った乳母は、エルナの前に膝をつき、やさしく憐れむような言葉で話しかけました。王女はすっくと立ち上がって背を伸ばすと、涙こそ見せないけれど、怒りのこもった目を向けて、きつい声で言いました。

「全部話して」

そして鏡の破片を指差しました。王女の声には予想もしなかった強い意志が感じられたので、純朴な乳母は逆らえず、すべてを王女に明かしました。みにくいけれど心やさしい王子たちがいたこと、みにくい娘を授かった王妃の悲しみ、娘につらい思いをさせまいとした王妃の胸打たれる気づかい、そして鏡を処分するように王が勅令を下したこと……。乳母はいとしいエルナを不幸にするとも思わず、愚かな女心から禁じられた鏡の破片を大事な小箱に隠しておいたことを悔やみ、話しながら泣き出し、髪をかきむしりました。

最後まで話を聞くと、王女は冷やかな笑みを浮かべました。

「この国では誰も嘘をついてはいけないのに！」

そう言うなり、王女は家から出ていきました。心配した乳母はあとを追おうとしましたが、エルナは「ついて来ないで！」と、厳しく命じました。

乳母はその言葉に逆らうことができませんでした。かつて自分のお乳を吸っていた幼いエルナの聞き慣れたやさしい声ではなく、千年にわたって国民を支配した先祖をもつ誇り高い王女の毅然とした声だったからです。

打ちひしがれたエルナは、長い空色のドレスを風ではためかせながら、険しい山道を歩いていきました。切り立った崖に沿っていくと、足元の渓谷は濃紺のもやがたちこめて黒ずみ、上のほうから白いリボンでぶら下がっているかのような滝が低くうなる音が聞こえました。崖の下のほうには、どんよりとした濃い霧のように雲が漂っていました。けれども、崖っぷちを慣れた足どりで滑るように歩いていたエルナには、何も見えていませんでしたし、見ようともしませんでした。

孤独な道をゆく王女の激しい感情、物悲しい想いを、心から理解してくれる人などいるでしょうか？　いるとしたら、あまりに突然、わけもなく、先の見えない運命に見舞われ、エルナと同じ境遇におかれた権力者の娘だけ……。

やがてエルナは、急な曲り角にたどりつきました。下には崩れ落ちた岩がばらばらに積み重なっていました。ふと彼女は立ち止まりました。何か奇妙な音が、下のほうから、滝の音に混じって聞こえてきます。エルナは崖に近づいて耳をすませました。足元のどこか深いところから、うめくような人の声が響いてきました。その瞬間、悲しみも忘れ、人のことを心配する気持ちに突き動かされ、岩から岩へ、子鹿のように軽やかに飛び移りながら崖を下り始めました。そしてようやく、粉ひき臼より少しだけ幅のある平らな場所に足を止めました。その先にはもう下り坂はありません。それどころか、もう上に登ることもできなくなっていたのですが、無我夢中だったエルナは、そんなことには頭がまわりませんでした。

うめき声をあげている人は、この下のあたり、すぐ近くのどこかにいる。そう思って岩の上に腹ばいになり、頭を下に突き出すと、エルナはその人を見つけました。片手で崖のとがった先端に、もう一方の手で曲った松の木の細い幹にしがみつき、今にも落ちそうになっていました。左足を岩の隙間にかけて踏ん張り、右足は宙に浮いています。服装から見て、エルンの国の住民ではないようでした。なぜなら王女は、絹もレースもなめし革のゲートルも、拍車のついた革のブーツも、金の打ち出し模様があるベルトも、このとき初めて見たからです。

エルナは大声で叫びました。

「おーい！ 異国のお方！ しっかりつかまっていてください。お助けします」

見知らぬ人はうめきながら、暗くてよく見えない青白い顔を上げてうなずきました。助けるはいっても、どうやって？ 下まで下りていくことなどできないし、やるだけ無駄です。もしもロープさえあったなら！ 異国の人がいるところまで、体格のいい男性ふたり分の身長くらい距離が離れていました。どうしたらいいのかしら？

とそのとき、危機一髪のところで勇者に天の啓示が下るように、まるで稲妻のように、エルナの頭に名案がひらめきました。エルナは丈夫な亜麻糸を紡いだ空色のドレスを急いで脱ぐと、手と歯で引き裂いて長い帯のような形にし、よりあわせて細いロープをいくつもつくりました。それを次々に結びつけ、切れないように真ん中をさらに何度かきつくしばりました。そして手足をすりむきながらゴツゴツした岩の上に腹ばいになり、手づくりのロープをそろそろと下ろしました。長さは十分あり、それどころか余ってさえいることを確認すると、嬉しくなって笑い声をあげました。異国の人が岩の隙間と松の幹との間で必死にバランスをとりながら、ロープの端を水牛の革のベルトになんとか結びつけるのを見届けると、エルナは慎重にロープを引き上げ始めました。異国の人は、エルナの助けにこたえるように、崖のでこぼこを両手でつかんで、よじ登ってきました。しかし、頭と胸がエルナの足元から見えてきたところで、男性は力尽きてしまい、エルナはやっとのことで平らな場所に引っぱり上げました。

その場所はふたりが並んで座るには狭すぎたので、エルナは座ったまま見知らぬ人の頭を胸にのせ、両手で彼のぐったりした体を抱えていました。

「君は誰？　魔法使いかい？」若者は青白い唇でささやきました。「天からつかわされた天使？それともこの山のやさしい妖精？　それとも君は異教の美しい女神かい？」

エルナには彼の言葉がわかりませんでした。かわりに、やさしく、感謝に満ちた、うっとりとした眼差しで見つめる彼の黒い瞳が、多くを語っていました。しかしすぐに、長いまつ毛に縁取られた瞳が閉じ、死人のような青白さが顔じゅうに広がっていきました。そして若者はエルナの胸元で気を失ってしまいました。

エルナは若者を抱きかかえたまま身動きもせず、青い星のような瞳で、彼の顔をじっと見つめていました。そして心の中でこう思いました。

「まあ、この気の毒な旅のお方、私や誉れ高きエルン一世と同じようにみにくい顔をしているわ。きっと私たち三人は、エルンの国民の美しさとはあまりにもかけ離れた、生まれつき欠陥のある特別な人間なんだわ。なのにどうして私に向けられる彼の眼差しは、うっとりするほどやさしいのかしら？　この人の前では、きのう踊りながら青年たちが娘たちに投げかけていた媚びるような眼差しなんて、とるに足らないのでは？　真昼の燃えるような太陽の輝きに比べたら、あんなのロウソクのゆらめきよ。それにどうしてこんなに体じゅうの血が駆け巡っているのかしら？　どうしてほっぺたが熱くて胸がドキドキしているの？　どうしてこんなに息が荒くて弾んでいるの？　ああ神様！　私をみにくくおつくりになったのは神様のご意志です。でも私は何も申しません。でもこの人のためだけに、世界一きれいな女の子になりたい！」

と、そのとき人の声が聞こえました。じつは乳母は王女に厳しく命令されて頭が真っ白になり、すぐには立ち直れなかったのですが、我に返るなり大切な王女のあとを追いかけてきたのです。エルナが岩から飛び降りるのを見て、崖から響くうめき声を聞くと、賢い乳母はすぐに何が起き、何をすべきかを理解しました。そして村に戻って近所の人を呼び集め、みんなに棒やロープやはしごを持たせ、崖まで大急ぎで走ってきたのです。旅の人は意識のないまま、無事に崖から救い出されました。そして王女を助け出す前に、乳母は自分の一番いい服を細ひもでしばって王女のもとに下ろすのを忘れませんでした。

その後、異国の若者はエルナの指図で宮殿に運ばれ、一番いい部屋に寝かされました。よく見ると、あちこちにひどいあざがあり、腕を脱臼していたうえ、熱もありました。王女は率先して彼の看病と治療にあたりましたが、それを見て驚く人は誰もいませんでした。宮殿では病人に対する王女の思いやりはよく知られていましたし、彼女の医療の知識は一目置かれていたからです。それに、病気の若者は、顔はみにくくても、見るからに育ちがよさそうでした。

このあとどうなったのか、長々と話すまでもないでしょう。エルナのつききりの看病のおかげで、異国の人は意識を取り戻し、自分を助けてくれたのはこの女性だと知って胸を熱くしました。怪我もじきに治りました。毎朝、若者は王女が通ってくるのを待ちわび、毎晩、エルナは離れがたい思いで彼の部屋をあとにしました。ふたりはお互いに自分の国の言葉を教え合いました。あるとき、異国の人がやさしい声で「アムール！」という甘い言葉を口にすると、エルナは嬉しさと恥ずかしさで顔を赤らめながら、ぎこちなくささやくようにその言葉を繰り返しました。初めての口づけのときに、「アムール」という言葉を聞いて「愛」という意味だと気づかない少女が、この世にいるはずがありません。

愛こそ、最高の語学教師です。若者が起き上がって、宮殿の庭の並木道を散歩できるようになる頃には、ふたりはもうお互いのことを知り尽くしていました。エルナが救った旅人は、豊かで美しい国フランスを支配する強大な王のひとり息子でした。名前はシャルルといいました。旅と冒険が大好きで、人を寄せつけないエルンの国の山々に魅せられた王子は、おびえる付き人たちに見放され、崖から落ちて危うく命を落とすところだったのです。彼はエルナに、自分が生まれたときに、フランスの偉大な予言者ノストラダムスが星占いをしてくれたことを話して聞かせました。その占いの中には、こんな言葉がありました。

「……北東の未開の山々で、最初に死を、次に青い星を見るだろう。その星は生涯おまえを照らし続けるであろう」

エルナもまたシャルルに、エルンの国と王家の歴史をあれこれ語って聞かせました。あるときは、ちょっと自慢げに、偉大な祖先エルン一世が残した武器を彼に見せたこともありました。シャルルは敬意を払って武器を見回すと、これまで誰も持ち上げられなかった王の剣をとり、軽々と振り回してみせました。そして、エルナの遠い祖先の肖像を見た彼は、それが美しさと聡明さと偉大さを兼ね備えた人物だということに気づきました。さらにエルン一世が壁に刻んだ言葉を読むと、いたずらっ子のように、にんまりと微笑みました。

「王子さま、何がおかしいのでしょう?」不安になった王女が尋ねました。

「愛しいエルナ」シャルルは彼女の手にキスをすると、こう答えました。「笑ったわけは必ずお話しします。でも今ではなく、いつかそのうちに」

間もなくシャルル王子は、エルン王と王妃にエルナとの結婚を申し込みました。エルナの心は、とうに王子に奪われていました。求婚はすぐに受け入れられました。エルンの国では女性も自由に夫を選ぶことができましたし、若き王子の振る舞いには、礼儀正しさと気品と威厳があったからです。

婚約のお祝いが何日も繰り広げられ、老いも若きも喜びに沸き返りました。ただ、エルナの母である王妃だけは、ひとり部屋にこもって不安におののいていました。「可哀そうなふたり！どれほどみにくい子が生まれてくることでしょう！」

お祝いが続いていたある日、踊るカップルたちを婚約者シャルルと一緒に眺めながら、エルナは言いました。

「愛しいお方！　私、一番みにくくてもいいから、あなたのために、この国の娘たちにそっくりに生まれたかったわ」

「僕の青い星よ、とんでもない！」シャルルは驚いて言い返しました。「君はとてもきれいだよ！」

「いいえ」エルナは悲しそうに言った。「愛しいお方、慰めはいらないわ。自分のみにくさはよく知っています。足は長すぎるし、手は小さすぎるし、胴は短すぎるし、目は大きすぎるうえに、きれいな黄色じゃなくて、いやらしい青色。それに唇は、ぽってりして弓のように曲っているわ」

するとシャルルは、青い血管が浮き出たエルナのほっそりした白い手に何度もキスし、大げさなお世辞を浴びせかけ、踊る男女を見ながら、場違いな大笑いをするのでした。

ようやくお祝いの日々が終わりました。王と王妃は幸せなふたりを祝福し、豪華な贈り物を与え、旅に送り出しました（この日のために善良な国民たちは、丸一か月かけて山中に道をつくり、川や崖崩れのあった場所に臨時の橋をかけていました）。そして一か月後、シャルル王子は婚約者を連れて、先祖代々の都にたどりつきました。

良い噂は、俊足の馬よりも早く人々の耳に届くものです。偉大なる都パリの住民たちはこぞって、やさしく素直で気前がよく、誰もが愛する皇太子を出迎えました。その日、エルナをひと目見て、国一番の、つまり世界で一番の美女だと認めない人は、男も女も誰ひとりいませんでした。王は自ら宮殿の正門で息子の婚約者を迎えると、彼女を抱きしめ、穢れのない額にキスをしてこう言いました。

「愛しい子よ、そなたの美しさと、しとやかさは、とても天秤にかけられない。どちらも完璧に思えるから……」

けれども慎み深いエルナは、そんな敬意とほめ言葉を受けながら、心の中でこう思っていました。

「運命が私を、みにくい人たちの国に導いてくれたんだわ。本当によかった。これでもうやきもちをやかなくてすむわ」

吟遊詩人たちが国のいたるところでエルナの美しさと性格のよさをほめ讃え、国じゅうの騎士たちが、エルナの瞳に敬意を表して青色の服をまとっていたにもかかわらず、長い間エルナはそう思い続けていました。

それから一年が過ぎ、シャルルとエルナの結婚がもたらした晴れがましい幸せに、新しい奇跡のような喜びが加わりました。エルナが、とても丈夫で、とても大きな声で泣く男の子を授かったのです。愛する夫に初めて赤ん坊を見せたとき、はにかみながらエルナはこう言いました。

「愛するあなた。こんなことを言うのはお恥ずかしいのですが、この子はとても美しいと思うの。あなたにも私にもよく似ていて、エルンの国の民には少しも似ていないというのに……。それともこれは母親のひいき目かしら」

それを聞くと、シャルルはいたずらっ子のように、にんまりと微笑みながらこう答えました。

「ねえ、僕の女神さま。狩りの間の壁にエルン一世が刻んだ言葉を訳してあげると約束した日のことを覚えているかい?」

「ええ、あなた」

「じゃあ、お聞き。あれは古いラテン語で、こう書かれていたんだよ。『我が国の男たちは賢く誠実で勤勉である。女たちは素直でやさしく、よく気がきく。しかし残念ながら、男も女もみにくいのである』とね」

黄金の雄鶏　*Золотой Петух*

その奇跡がいつ起こったのか正確にはわからない。いずれにしても、六月二十一日の夏至の日か、その前後のことだ。それは、パリから十キロ離れたヴィルダヴレーの別荘でのことだった。

私はあのとき、夜明け前に目が覚めた。夢から現実へ、朦朧《もうろう》と意識が移ることもなく出し抜けに、微かな清々しさを感じ、窓の向こうの空の下に朝がもたらす柔らかな明るさの中に、何か素朴にして素晴らしい奇跡が起こるような甘い確信をもって目を覚ました。時に私は、そんなふうに、ホシムクドリの楽しげな歌や、クロツグミのやかましくも音楽的なさえずりに、夜明け前にやさしく起こされることがあった。私は窓を開け放し、窓辺に腰を下ろした。まだ冷たい空気の中に、草や木の葉や樹皮や土の素朴な香りが残っていた。黒いシャンデリアのような栗の木の枝には、薄手のレース地のように、夜霧の切れ端が夜を留めおいてひっかかっていた。しかし木々はすでに目覚め、嬉しげに、けだるげに、無数の目を開いて身をすくめていた。木々だって、見聞きすることができないはずがないのだ。

しかし、陽気なおしゃべりムクドリや、のんきな口笛ツグミは、その朝は黙り込んでいた。おそらく鳥たちも私と同じように、奇妙で不可解で、これまで一度も耳にしたことのない音に、驚いて注意深く耳をすませていたのだろう。力強く、よく響くその音は、空気のひと粒ひと粒を震わせているかのようだった。すぐにはそれが雄鶏の声だとは気づかなかった。ようやくそうとわかったのは、ややあってからだ。それはまるで、世界中で金銀のラッパが吹き鳴らされ、驚くほど澄み切った、美しい、よく響く音を、空に届けているかのようだった。雄鶏の鳴き声の力強さと、耳をつんざくような鋭さならよく知っている。かつて、どの集落からも十露里も十五露里も離れた大きなロシアの森の中、キバシオオライチョウが春に求愛のために集う場所で狩りをしていたときのこと、私は日の出前に、そばだてた耳で、人の気配を感じさせる音をふたつだけとらえた。時おり遠くから聞こえる蒸気機関車の汽笛と、近くの村々にいる雄鶏たちの鳴き声だ。あるいは私が気球に乗って音もなく上昇しているとき、地上から届く最後の音は、決まって町の少年たちのひゅーひゅーという呼び声だったが、それよりもさらに長々と聞こえてきたのは、雄鶏の勝ち誇ったような声だった。そして今、土も木々も空も、夜の冷気につかったまま朝の衣をまとう恥じらいの時、私はぞくぞくしながらこう思った。今この瞬間、すでに太陽を浴びている広大な地と、もうじき陽光が輝き始める地に住むすべての雄鶏が、老いも若きも、その中間も、一歳の若鶏も、一羽残らず、ありとあらゆる雄鶏が歌っているのだ。およそ人間の張りつめた耳に届く範囲には、首を上に伸ばし、喉の羽根を逆立て、空に向かって猛々しい勝どきの声を上げていない雄鶏など、どこの町にも村にも農園にも庭にもいなかった。ヴェルサイユ、サンジェルマンとマルメゾン、リュエイユ、シュレンヌ、ガルシュ、マルヌ・ラ・コケット、ヴォークレソン、ムードン、そしてパリ近郊で、いたるところで数十万の雄鶏たちの勝ち誇ったような声が、一斉に響き渡っている。雄鶏の鳴き声のひとつひとつは聞こえないが、見事に響き伝わってくるのは、黄金のドの音を基調にしたハ長調の和音！　この魔法のような力強い合唱に比べたら、いかなる人間のオーケストラも弱々しく聞こえることだろう。

時々近くの雄鶏たちが、まるで厳格で正確な間《ま》をとるように、しばし黙り込む。その時、音の波が遠くへ遠くへと流れて果てまで届き、そこで跳ね返るようにして戻ると、強まり、高まり、舞い上がり、私がいる窓や家々の屋根や木々のこずえにまで、轟き歌う大波となって打ち寄せてくるのが聞こえた。この伸びやかな音の大波は、北から南へ、西から東へと、珍《めずら》かな奇跡のフーガのように広がっていった。おそらく栄華を極めた古代ローマの軍隊が、凱旋将軍シーザーを迎えたときもそうだったに違いない。丘や高台にいた歩兵部隊が、真っ先に式典の馬車を見つけて、遠くから歓喜の叫び声で迎え、下方ではシーザーのきらきらと輝く眼差しを順に浴びた勝利の軍団が、甲高い声で叫んでいたことだろう。

私はその奇跡の音楽を、胸を躍らせ、感極まりながら聞いていた。この音楽は決して耳障りではなく、耳を心地よく満たし、うっとりとさせた。なんとも不思議な、なんとも特別な朝！　近所一帯の、もしかしたら国中の、いや地上のすべての雄鶏たちに、この日いったい何が起こったのだろう？　一年で一番日の長い日を祝い、夏の素晴らしさを高らかに賛美しているのだろうか。即ち、日差しのぬくもり、熱い砂、芳しくおいしい草、恋の永遠の喜びを。そして二羽の力強い雄鶏の体が、空中で猛然とぶつかり合い、しなやかな翼で激しく叩き合い、曲った鋼のようなくちばしで体を刺し合い、舞い上がるほこりの中から、羽根や血しぶきが飛び散る、戦いの荒々しい喜びを……。あるいはもしかしたら、地上のあらゆる雄鶏の祖先であり、自分以外の権力を知らない戦士や王のように、見渡す限りの森と野原と川を完全に支配してきた、古代雄鶏の三十万周年記念日でも祝っているのだろうか？

そして、しまいにはこう思った。もしかしたら今日は、夏の一番長い労働日を前にして、東の黒雲が数秒間太陽を引きとめているものだから、光とぬくもりを神とし、太陽を崇める雄鶏たちは、火の神を敬うあまりに待ちきれずに大声で呼び出しているのではないかと。

そして太陽が出た。かつて一度も、人も獣も鳥も、太陽が現れる瞬間をとらえ、世界中のすべてのものが薄桃色から金赤、そして金色へと変わる一刻を目に焼きつけることができたものはいない。すでに金色の光は、空に、宙に、地上に、すべてに滲みわたっていた。最後の力を振りしぼり、無我の境地で至福に震え、うっとりと目を閉じて、無数の雄鶏たちの合唱が、素晴らしい賛歌を奏でている！　今の私には、太陽の光が金色のトランペットになって鳴り響いているのか、それとも雄鶏の賛歌が太陽の光で輝いているのか、もうわからない。偉大なる黄金の雄鶏が、自ら火の塊となって空に浮かび上がる。これぞ、古くから伝わる素晴らしき不死鳥伝説だ。ゆうべは夕焼けの豪奢な焚火に身を焦がし、今日再び東の地に、灰と煙と真っ赤な炭の中から甦った奇跡の鳥！

地上の雄鶏たちは、しだいに鳴きやんでいく。始めは近所の雄鶏たちが、次に遠くの雄鶏たち、そしてもっと遠くの雄鶏たちが。そして最後は、ほとんど聞き取れないほど地の果てのどこかで、柔らかなピアニッシモが聞こえる。そして、それさえ消えていった。

一日中、私はこの魅惑的で力強い音楽の余韻に浸っていた。二時頃、私はとある家に立ち寄った。庭の真ん中に、大きなランシャン種の鶏が立っていた。明るい太陽の光の中で、雄鶏の制服がまばゆいばかりの金色に光り、黒っぽい鋼のよろいが緑や青にきらめき、赤・黒・白のサテンのリボンのような尾がひらひらしていた。用心してこの美丈夫をよけながら、私は身を屈めてこう尋ねた。「今朝早く、あんなに見事に歌っていたのはあなたですか？」

雄鶏は不機嫌そうに私を横目で見ると、顔をそむけ、頭を下げ、くちばしであちこち砂をつつき、不満げなしゃがれた低音で何事かをつぶやいた。理解できたという確信はないが、私にはまるで雄鶏がこう言ったように聞こえた。「関係ないだろ」

気分を害することこそなかったが、私はただ、きまりが悪かった。自分が弱々しく哀れな人間でしかないことは、私にもわかっている。私の乾いた心に、黄金の神を賛美する雄鶏の激しく気高い喜びなど収まりきるはずもない。それでも、私は私なりに慎ましく、恋焦がれてもいいではないか。永遠なる、素晴らしき、命のもとなる、やさしい太陽に。

百年に一度の花　*Столетник*

　これは、とある大きな温室で起きた出来事である。この温室の持ち主は、とても変わった人だった。大金持ちで人間嫌いで、莫大な財産すべてを珍しくて美しい花々に費やしていた。その温室は、設備といい、建物の広さといい、集められている植物の豊富さといい、世界有数の温室をも凌駕していた。熱帯のヤシの木から極地の色あせた苔まで、ありとあらゆる種類のじつに手のかかる植物が、ここでは原産地と同じようにのびのびと育っていた。例えば、巨大なベニオウギヤシや傘状の葉を広げたナツメヤシ、イチジクやバナナ、サゴヤシ、ココヤシなどが、ガラスの天井に向かって長いむき出しの幹を伸ばし、その頂きに大きく開いた葉の束をいくつものせていた。

　ここには数々の珍しい植物見本が生育していた。例えば、黒くて鉄のように硬い幹をもつコクタンの木、小さな虫がそっと触れただけで、葉と花が一瞬にして縮んで虫の体液を吸い取ってしまう食虫植物、茎から血のように赤く濃い毒液が流れ出すドラセナ。たいそう大きな丸い人工池には、葉の上に子どもを乗せられるほど巨大なオオオニバスが浮かび、夜の間だけ繊細な花を開かせるインドのハスの白い花冠が見えていた。そして、黒々として香りのいいイトスギ、淡いピンクの花をつける西洋キョウチクトウ、ギンバイカ、オレンジ、アーモンドの木、芳しい中国のダイダイ、硬い葉をもつイチジク、南方のアカシアや月桂樹の木が、途切れなく続く壁のように並び立っていた。

何千というさまざまな花たちが、温室の空気を香りで満たしていた。ツンと匂う斑入りのナデシコ、夜になると細く白い花弁を垂れる物憂げなスイセン、霊廟の飾りに使われるヒヤシンスとストック、銀色に光る小さな鐘をぶら下げた無垢なスズラン、酔いしれるような香りを放つ白いパンクラチウム、紫や赤の帽子をのせたアジサイ、控え目で芳しいスミレ、ジャワ島からもたらされ、強い香りを特徴とする青白いチューベローズ、可憐なスイートピー、バラのような香りに満ちたシャクヤク、そして古代ローマの美女たちが肌をしっとりさせるために浴槽に入れていたバーベナの花。そして最後に、赤紫、深紅、赤、褐色、ピンク、濃い黄色、淡い黄色、クリーム色、まばゆいばかりの白など、ありとあらゆる花色をもつ華麗なバラの品種の数々。

香りの弱い花たちは、かわりに艶やかな美しさを競い合っていた。例えば、おすまし美人のツバキ、色とりどりの西洋ツツジ、中国のユリ、オランダのチューリップ、大きく鮮やかなダリア、密になって咲くエゾギク……。

ところが温室には、見たところ、みにくさ以外になんら気をひくものがない奇妙な植物がひとつあった。鋭いトゲに覆われた一メートル以上もある細長い肉厚の葉が、根っこからまっすぐに生えており、十ほどある葉は上に伸びずに地を這っていた。その葉は昼間は冷たく、夜になると温かくなる。葉の間に花が見えたことは一度もなく、そのかわり長くまっすぐ伸びた緑色の根幹が突き出していた。この植物は、「百年蘭〔アオノリュウゼツラン〕」と名づけられていた。

温室の花たちは、人間には測り知れない独自の生き方をしていた。当然ながら彼らには会話を交わすための言葉がなかったが、にもかかわらずお互いを理解していた。おそらくその手助けをしていたのは、花たち自身の香り、花から花へと花粉を運ぶ風、あるいは壁と天井のガラス越しに温室内を満たす太陽の温かい光だった。ミツバチ同士やアリ同士があれほど驚異的に互いを理解しているのなら、花同士がそうであってもおかしくない。

花たちの間には、敵対心があることもあれば、やさしい愛と友情があることもあった。多くの花たちは、美しさや香りや背の高さを競い合っていた。種の古い歴史を誇るものもあった。よく晴れた春の朝、温室じゅうが黄金の花粉に満たされ、花開いたガクの上に露の宝石がゆらめくと、花たちのとめどもないおしゃべりが始まることがあった。遠く離れた暑い砂漠のこと、日陰が多く湿った森の片隅のこと、夜になると輝く風変りなまだら模様の虫のこと、故郷の広々とした青空のこと、遠くの野原や森の新鮮な空気のこと。不思議で香りたつようなお話が交わされていた。ただひとつ、変わりものの百年蘭だけは、花たちから仲間はずれにされていた。友情も同情も憐れみも知らず、長い年月の間、一度として誰からも愛のぬくもりを感じたことがなかった。そして、みんなの軽蔑にすっかり慣れっこになるあまり、心の底に刺すような苦しみを隠したまま、ずいぶん前から何も言わなくなっていた。それとともに、絶えずみんなの嘲笑の的になることにも慣れきっていた。花たちは、自分たちの仲間として、このみにくさを許すことができなかったのだ。

ある七月の朝、温室で希少なカシミールのバラが花を開かせた。色は深紅、花びらの先端は黒味を帯びたビロードのよう。目を見張る美しさと、えもいわれぬ香り。明け方の光がガラス越しに差し込み、夜の浅い眠りから次々に目を覚ました花たちが、ほころぶバラを目にすると、あちこちからざわめくような感嘆の声が聞こえた。

「あの若いバラの素敵なこと！　なんと溌剌として香りのよいこと！　きっと私たちの仲間の中でも最高の誇りになるでしょう！　これぞ私たちの女王です」

バラはそんなほめ言葉を、恥ずかしそうに真っ赤になって、本物の女王のように黄金の太陽に照らし出されながら聞いていた。花たちは皆、それぞれの魅惑的な花冠をバラに向かって挨拶がわりに傾けた。

不幸な百年蘭もまた目を覚まし、ひと目見るなり歓喜のあまり身を震わせた。

「ああ、女王さま、なんと美しいのでしょう！」思わずそうささやいた。その言葉が発せられるや、温室じゅうがこらえきれない嘲笑で溢れ返った。高慢ちきなチューリップは高笑いして揺れ、すらりとしたヤシの枝はびくりとし、スズランは白い鈴を鳴らし始め、あの控え目なスミレでさえが、黒っぽい丸い葉の間から憐れみの笑みを浮かべていた。

「ばけものが！」ひきつり笑いをしながら声をあげたのは、支柱に結ばれた太いシャクヤクだった。「よくも厚かましくお世辞が言えたものだな。おまえが喜ぶだけで不愉快だということがわからないのかね」

「そちらはどなた？」若い女王は、笑顔になって尋ねた。

「このできそこないのことですか？」とシャクヤクが声をあげた。「こいつが誰でどこから来たのか誰も知りません。こいつにはじつに馬鹿げた名前がついているのです。百年蘭ってね」

「私はほんの小さいときにここに連れてこられたけど、そのときからこんなに大きくて、こんなに見苦しかったわ」と背高のっぽの古いヤシの木が言った。

「やつには花が咲かないいんだ」と西洋キョウチクトウも言う。

「そのかわりにトゲだらけ」とギンバイカが言い加える。「私たちの面倒を見ている人間たちときたら、まったく呆れるよ。私たちよりはるかに一生懸命こいつの世話をするんだ。まるで宝物か何かのようにね！」

「どうして人間たちがそんなにこいつの世話をするのか、私はよく知ってるよ」とシャクヤクが言った。「このばけものは、百年に一度しか見つからないくらい珍しいんだ。だから百年蘭って呼ばれているんだろう」

こうやって花たちは昼まで哀れな百年蘭を笑いものにし、百年蘭は地面に冷たい葉を押しつけて黙っていた。

昼すぎになると、ひどく蒸し暑くなってきた。雷雨が近づいている気配がした。空に漂う雨雲がどんどん黒くなり、息苦しくなってきた。けだるくなった花たちは、柔らかな頭をかしげ、じっと雨を待って静まった。

ついに遠くから、忍び寄る獣の唸り声のように、最初の低い雷鳴が聞こえた。待ち焦がれた静けさの瞬間が訪れ、庭師たちが温室のガラスをあわてて覆った雨よけ板の上で、雨がバラバラと鈍い音をたて始めた。温室は夜のように暗くなった。そのとき急に、バラの女王は近くでか細いささやきを耳にした。

「女王さま、聞いてください。私です。ほら、今朝あなたの美しさに大喜びして、あなたを笑顔にさせた不幸な百年蘭です。夜の闇と雷のおかげで、少し勇気が出てきました。べっぴんさん、あなたが好きになってしまいました。どうかいやがらないで!」

けれどもバラは、雷雨の前のむし暑さと不快感に襲われて、押し黙っていた。

「聞いてください、べっぴんさん。私はみにくいし、葉っぱはトゲだらけでみっともない。でも私の秘密を打ち明けましょう。網の目を張り巡らせたようなツル植物が樹齢千年のバオバブの幹にからみつき、それまで人間が足を踏み入れたことのなかったアメリカ大陸の原生林の中。それが私の生まれ故郷です。百年に一度、私は三時間だけ花を咲かせ、そのあとすぐに死んでしまいます。そして私の根から、百年後に再び死ぬことになる新しい芽が生えてきます。どうやら、もうしばらくしたら花が咲くような気がするんです。どうかいやがらないで、べっぴんさん！　君のため、君だけのために私は咲き、君のために死にます！」

けれどもバラはうなだれたまま、ひと言も答えなかった。

「バラさん！　たった一秒の幸せのために、君に全生涯を捧げます。君の高貴な誇りに、それでは不足でしょうか？　朝一番の太陽がのぼったとき……」

ところがその瞬間、雷があまりにもすさまじい勢いで鳴り響いたので、百年蘭は思わず口をつぐんだ。明け方に雷がやむと、まるでいくつもの小銃が発砲したような大きな破裂音が温室に響きわたった。

「百年蘭が咲いたぞ」主任庭師はそう言って走り出し、もう二週間も前からこの珍事を首を長くして待っていた温室の主人を起こしに行った。

ガラスの壁から雨よけ板が取り払われた。百年蘭のまわりで、人々は黙って立ちつくし、花たちは皆あっけにとられ、うっとりとして、そちらのほうに顔を向けた。

百年蘭の背の高い緑色の幹の中心に、純白の花がいくつもの房になって開いた。それは見たこともないほど美しく、言うに言われぬ素晴らしい香りを放ち、たちまち温室じゅうを満たした。けれども三十分もたたないうちに、花はいつの間にかピンクがかってきて、やがて赤くなり、深紅になり、ついにはほとんど黒くなってしまった。

太陽がのぼると、百年蘭の花はひとつまたひとつとしぼんでいった。次から次へとしぼみ、もとのみにくい葉に戻ると、その珍しい植物は百年後に再び生まれ変わるために死んでしまった。

バラの女王は、芳しい花の頭《こうべ》を垂れた。

幸福とは　*Счастье*

とある立派な王さまが、自国の詩人や賢人たちを呼びつけて、こう尋ねた。

「幸福とは何か?」

「幸福とは……」あわててひとり目が答えた。「いつも王さまのご尊顔の輝きを拝見し、永遠に感じ……」

「こいつの目玉をくり抜け」王は冷ややかに言った。「次!」

「幸福とは、権力です。王さまは幸福にございます!」とふたり目が大声で叫んだ。しかし、王は苦笑いを浮かべて反論した。

「しかし私は痔に悩まされ、治す力もない。このペテン師の鼻をもぎとってやれ!　次!」

「裕福であることです!」どもりながら次の人が言った。

しかし王はこう答えた。

「私は裕福なのに、幸福とは何かと尋ねているのだぞ。頭ほどの重さの金塊があれば、おまえは満足なのか?」

「はい王さま!」

「なら受け取るがよい。この貧乏人の首に頭ほどの重さの金塊をくくりつけ、海に投げ込んでやれ」

そう言うと、王はじれったそうに声をあげた。

「四人目!」

そこへ、ボロをまとい、熱にうかされた目をした男が腹ばいになって近づき、ぼそぼそと言った。

「聡明なる王さま! 私がほしいのは、ほんの少しです! 腹ぺこなんです! 腹を満たしてくだされば私は幸福になり、あなたの名を世界中でほめたたえましょう」

「こやつに腹いっぱい食わせてやれ」王はけがらわしそうに言った。「食べすぎて死んだら報告しにこい」

そこにさらにふたりの男がやってきた。ひとりは、血色のいい体と狭い額をもった強そうな肉体派だった。ため息まじりに彼が言った。

「創作こそ幸福です」

一方、もうひとりは青白くやせた詩人で、その頰には赤いしみが浮き上がっていた。その彼が言う。

「健康こそ幸福です」

王は苦々しい笑みを浮かべるとこう言った。

「もし私がおまえたちの運命を取り替えたなら、一か月後、おまえは詩人になって神に魂の高まりを祈ることになり、一方のおまえはヘラクレスそっくりになって、力が弱まる薬を求めて医者に駆けつけることになるだろう。ふたりともおとなしく帰りなさい。ほかに誰か？」

「王よ！」スイセンの花で飾り立てた七人目の男が、誇らしげに言った。「幸福とは無の中にあります！」

「こやつの首を切り落とせ！」王はけだるげに言った。

「王さま、どうかお許しください！」死刑宣告を受けた男はわめき、スイセンの花びらよりも青白くなった。「そういうつもりじゃなかったんです」

しかし王は片手を振ってあくびをし、手短に言った。

「連れて行け。こやつの首を切り落とせ。王の言葉はメノウのように固いのだ」

さらに多くの者がやってきた。そのうちのひとりは、二言だけ言った。

「女性の愛！」

「よかろう」と王はうなづいた。「こやつに我が国の美女と美少女を百人くれてやれ。ただし、毒入りの盃もくれてやれ。そして、そのときがきたら知らせてくれ。こやつの死体を見に行くから」

さらに別の者が言った。

「幸福とは、どんな願いもすぐにかなうことです」

「それでおまえの今の願いは？」王は意地悪そうに尋ねた。

「私の？」

「そう、おまえの」

「王さま……急に尋ねられましても」

「こやつを生き埋めにしろ。おや、もうひとり賢人がいたのか？　さあさあ、近《ちこ》う寄れ。おまえは幸福の何たるかを知っているようだな？」

その賢人、まさしく真の賢人たるその人はこう答えた。

「幸福とは、人間の思考の素晴らしさの中にこそあります」

眉をぴくりとさせて、王は憤りの声をあげた。

「ほほう、人間の思考！　人間の思考とはなんのことだ？」

しかし賢人は、真の賢人であるがゆえに、哀れむように微笑むだけで何も答えなかった。

そこで王は、永遠の闇に包まれ、外から物音ひとつ聞こえない地下牢に、男を投げ入れるよう命じた。そして一年後、王のもとに連れてこられた囚人は、目は見えず、耳は遠くなり、立っているのがやっとだった。

「どうだ？　おまえは今も幸福か？」

王の質問に、賢人は穏やかに答えた。

「はい、幸せです。牢屋にいる間、私は王でもあり、金持ちでもあり、恋する人でもあり、満腹でもあり空腹でもありました。すべては思考のなせるわざです」

「いったい思考とはなんだ？」王はイライラして叫んだ。「覚えておれ、五分後にはおまえをつるし首にして、のろわれた顔にツバを吐いてやる！　それでも思考はおまえを慰めてくれるのか？　そうなったらおまえが地上にばらまいた思考はどこに行くのだ？」

賢人は、真の賢人であるがゆえに、落ち着き払って答えた。

「愚かなお人だ！　思考は永遠不滅なのですよ」

生きるって　クリスマスのお話　*Жизнь: рождественская сказка*

1

古くからある薄暗い森の鬱蒼《うっそう》とした茂みの中、灰色の苔むした谷地《やち》坊主だらけの湿地に、一本の松の木が立っていた。じめじめしたこの場所には、陽の光が射すことはほとんどなかった。小さい頃から、すくすく育つために必要な光と熱を奪われ、いつも有毒な湿地の蒸気にさらされていた松の木は、ひん曲がったゴツゴツした幹と、黄ばんで干からびた針のような葉をもつみにくい木に育った。昼はその曲がった根のあたりを褐色のトカゲが這い回り、夜はまばらな枝葉の下を獰猛なフクロウが音もなく飛んでいった。冬の夜にはしばしば、一面の雪に覆われた木々が、あまりの寒さにみしみしと音をたてるのだが、そんなとき松の木にはオオカミのひもじそうな遠吠えが聞こえ、そのギラギラと光る目が見えるのだった。古くからある薄暗い森の頂きで、風がヒューヒューと唸り、むせび泣くようなとき、松の木がきしむ物憂げな音は、積年の嘆きのように聞こえた。「生きるってわびしい！　生きるってつらい！」と。

同じ森のはずれ、涼しげにさらさら流れる小川のそばに賑やかな道が走り、その傍らに形のよい緑色の小さなモミの木が、ひと際目立つ姿を見せていた。夏は太陽の熱い口づけにくすぐられ、冬の月夜には雪の衣をダイヤモンドのようにきらめかせ、モミの木はのびのびとほがらかに成長した。朝から夕まで、樹脂の香りたつ枝の上では、翼の王国の仲間たちが高らかにさえずりを交わし、夜になると夜明けを待ってまどろんでいた。モミの木のそばにある道は、いつも人通りが絶えることがなかった。しょっちゅう荷車が長い列をなし、歩行者が行き交い、時には飾り立てた馬車が走り過ぎていくこともあった。誰の目も、美しいモミの木を見過ごすことはなかった。人々は皆うっとりとその姿に見とれながらこう言った。「なんて素敵な木だろう」。モミの木も人々と一緒に、生きる楽しみと愛される喜びにうち震えながらささやいていた。「生きるって素晴らしい！　人間って素敵！」

2

よく晴れた暑い真昼のこと。ほこりっぽく、熱を帯びた道を、疲れきった老人特有の足取りで、ひとりの巡礼者がよろよろと歩いている。くたびれ果てたその体は休息を求め、太陽に焦がされた目は日陰を探し、かさついた唇は水を欲している。遠くのほうに誘うようなモミの木の木陰を見つけるや、巡礼者は足取りを早め、ほどなくするともう白樺の皮のひしゃくで小川のひんやりとした水をすくっていた。老人はひしゃくから手を離さずに、長々とむさぼるように水を飲んだあと、柔らかくみずみずしい草の上でうたた寝を始め、その心地よさにぐったりとした体を委ねる。眠りにつきながらも、木陰をつくるモミの枝の樹脂の香りが感じられ、上空ではしだいに遠のいていく鳥のさえずりが聞こえ、老人の唇は感極まったようにつぶやく。「神はすべて知恵をもって創られた……」。するとモミの木は、眠る巡礼者の上に涼しげなとばりを広げ、愛する我が子をあやすやさしい母親のように、静かに葉を鳴らして老人を寝かしつけるのだった。

芳しく暖かい春の夜のこと。まるで魔法をかけられたように、輝く空に照らされて、銀一色に染まった森は、動きをとめていた。熱っぽく勝ち誇ったような夜鳴きウグイスの歌声が、森の上に轟き、響きわたる。音も、香りも、光も、陰も、すべてが溶けあい、春の愛というひとつのハーモニーを奏でていた。形のよいモミの木の下では、恋人同士が互いに寄り添っていた。この不思議な夜の美しさにとりつかれ、ふたりは言葉はおろかキスさえもがこの恍惚を乱しはしないかと不安に駆られる。ふたりの思い、ふたりの気持ち、ふたりの高鳴る鼓動のひとつひとつが溶けあい、春のハーモニーと同じ和音を奏でる。若くて形のよいモミの木は、永遠に初々しく、永遠に美しいこのハーモニーを聞いて、幸せで胸がいっぱいになってささやくのだった。「生きるって素晴らしい！　人間って素敵！」

とんでもない！　じめじめした場所にいるひん曲ったみにくい松の木は、そんな光景など一度として見たことがなかった。時たま、ほんの時たま、その場所をのぞきこむ人がいたが、いたとしてもよからぬ考えをもつ人相の悪い人だった。どしゃぶりの雨が降る暗く陰気な夜には、森荒らしの男たちがやってくることがあり、そのびくびくした盗っ人特有の動きや仕草を見ると、松の木には彼らが凶暴なオオカミと血をわけた兄弟のように思えた。時には茂みを縫って流れ者が忍び込んでくることもあった。罪を犯して追われる恐怖から、この薄暗い場所に隠れ家を探しにやってくるのだ。

3

ある寒い秋の朝のこと、灰色の覆いのように深い霧が垂れこめる中から、それまで松の木には縁のなかった賑やかで楽しげな物音が聞こえてきた。馬のひづめの音といななき、息荒く吠える犬たちのよく響く声、興奮した叫び声、角笛の荒々しい音。物音はどんどん近づいてきて、松の木はすっかり不安になってしまった。と突然、森の茂みの中から鹿が飛び出してきた。長くすらりとした足をもつ美しい獣は、恐怖と激走のせいで震えていた。そのあとから百歩ほど遅れて、犬たちが赤い舌を突き出し、息を切らして走っているのが見えてきた。気高い獣は一瞬、松の木の根元で足を止めた。まさにそのとき、濃霧のとばりを切り裂いて、鹿に向かって赤い火がきらめいた。発砲の轟きで森が身震いし、鹿は何度か激しく跳びはねたあと、ぱったりと倒れ、全身を震わせた。涙をいっぱいためたその黒い大きな瞳には、苦痛と懇願と非難の表情が溢れていたので、獲物の上に振り上げた狩人の手が、とどめをさす前にブルッと震えたほどだった。深夜、血の匂いをかぎつけて、やせこけたオオカミの群れが松の木に駆け集まってきた。オオカミたちは何も見つけられず、頭をのけぞらせて吠え始めた。古くからある薄暗い森の頂きで、風がヒューヒューと唸り出し、むせび泣きを始めると、松の木がきしむ物憂げな音の中に、積年の嘆きが聞こえてきた。

「生きるってわびしい！　生きるってつらい！」

4

こうして時が流れた。相変わらず松の木とモミの木は、それぞれの歌を繰り返していた。松の木は相変わらず、毒のある湿地に向かって下へ下へと傾きながら、光の射さない森の茂みの陰鬱な暮らしだけを見ていたし、モミの木は相変わらず、太陽とぬくもりと空気と空間を謳歌していた。

輝くようなある冬の日、森のはずれに毛皮外套を着て斧を手にしたふたりの人間がやってきた。

「こいつはいい木だ！」とひとりが言った。

もうひとりは物も言わずに外套を脱ぎ捨てた。斧がきらりと光った……。モミの木は強い衝撃で揺れ始め、その枝から雪のかたまりが滑るように落ちた。モミの木は気を失った。

夜、モミの木はまばゆい光に満ちた豪華なホールで正気を取り戻した。巨大なシャンデリアと無数の燭台から、光が洪水のように溢れていた。モミの木はそのすべての輝きの真ん中に立ち、数百本のロウソク、金銀のリボン、きらめく鈴、高価な贈り物、中国風の提灯、ぬいぐるみの小鳥やアルミホイルの昆虫、トンボ、色鮮やかなチョウや金魚などの飾りに彩られていた。モミの木のまわりでは、楽しげな音楽が流れる中、千人ほどの着飾った子どもたちが喜びに目を輝かせ、高笑いや歓声をあげて遊んでいた。子どもたちの祝宴は、時間がたつにつれて一層賑やかに、楽しくなっていった。子どもたちは、はしゃぎながらモミの木のまわりで輪になって踊り、モミの木は光に照らされながらささやいた。

「生きるって素晴らしい！　人間って素敵！」

5

同じ夜、モミの木が子どもたちの祝宴の女王さまになっていたころ、古くからある森の薄暗い茂みでは、恐ろしいことが起きていた。みにくい松の木のひん曲った枝で、宿なしの流れ者が悲しい人生に終わりを告げたのだ。

それ以来、ここは呪われた場所と呼ばれるようになり、誰も近寄ろうとしなかった。年老いた松の木は、湿地の蒸気のせいで赤さびに覆われ、下へ下へと傾いていき、その葉はすっかり枯れて黄色くなり、幹はさらにゆがんでいった。

「生きるってわびしい！　生きるってつらい！」

松の木は絶えず不満をこぼしている……。

一方、モミの木が切り倒された場所には、もう新しく生き生きとした若枝が生えていた。

訳者あとがき

サブリナ・エレオノーラ

ロシアには古くから読み聞かせの習慣があります。私が幼かった頃、祖母はよく家族を集め、いろいろな本を読んで聞かせてくれました。その中にあったのが、クプリーンのお話でした。私がもう少し大きくなった頃、母が「この本を読みなさい」と本棚から取り出して勧めてくれたのも、クプリーンの全集でした。私たちロシア人にとって、クプリーンは子どもの頃からなじみのある大切な作家なのです。

アレクサンドル・イヴァーノヴィチ・クプリーンは、帝政ロシア時代の一八七〇年八月二十六日(新暦の九月七日)、ロシア中西部のペンザ県ナロフチャトに生まれました。一歳にならないうちに父親をコレラで失ったため、残された母親と姉ふたりとともに貧しい暮らしを余儀なくされます。母リューボフ・アレクセーエヴナは、タタールの公の血をひく誇り高い女性で、困難にもへこたれず、一八七四年、子どもたちを連れてモスクワに移り、寡婦施設で暮らすようになりました。その二年後、六歳になった少年は慈善施設の寄宿舎に預けられ、ここから長くてつらい集団生活が始まります。

一八八〇年にはモスクワの陸軍幼年学校に入学。厳しい軍隊式教育が待ち構えていましたが、文学教師を通じて、プーシキン、レールモントフ、ゴーゴリ、ツルゲーネフなど祖国の偉大なる文学に触れたことが、その後の人生を大きく変えることになりました。

陸軍幼年学校から士官学校に進んだ青年は、在学中の一八八九年に処女作『最後のデビュー』を雑誌に発表。その翌年に士官学校を卒業し、四年間の軍人生活を送ったのち、一八九四年にキエフに拠点を移します。以後七年もの間、定職につかずに南ロシアで放浪生活を続けるのですが、この時期に経験したことが創作の糧となり、複数の新聞に記事やコラムを書くようになりました。

港の荷役労働者、駅の赤帽、工員、漁師、歯科治療士、旅回りの役者など、さまざまな職につく中で、彼は市井の人々と交わり、興味深いエピソードや耳にとまる会話をメモに書き留めていました。庶民の労働を、ただ見ているだけでなく、実際に体験することで、創作の刺激を受け、想像力を膨らませていったのです。

一八九七年には初の小品集が出版され、この中には本書に収録した『犬の幸せ』『百年に一度の花』も含まれていました。のちの一九〇一年、オデッサでチェーホフと親交を得たクプリーンは、この小品集をチェーホフに贈っています。

世紀の変わり目を迎え、サンクト・ペテルブルグで本格的な作家活動を始めたクプリーンは、ゴーリキイとも親交を結び、一九〇三年にはゴーリキイが興した出版社ズナーニエ（知識）から短編小説集を出版。一九〇五年には自身の軍隊生活に着想を得た小説『決闘』を発表し、高い評価を受けます。レフ・トルストイをして、「クプリーンには本物の素晴らしい才能がある」と言わしめたほどでした。そして一九〇九年には、同世代の盟友で、後年ノーベル文学賞を受けることになるブーニンとともに、権威ある文学賞「プーシキン賞」を受賞し、作家として確たる地位を築きます。

その間、私生活では二度結婚し、三人の娘に恵まれました。一九一一年、クプリーンは二番目の妻とふたりの娘とともに、ペテルブルグ郊外のガッチナに移り、創作活動に打ち込むようになります。幼い三女を病気で失うという悲しい出来事もありましたが、一九一二年から一九一五年にかけて、クプリーンの全集も出版されました。しかし、一九一七年に十月革命が起こり、その翌年、作家はボリシェヴィキの政策を批判したかどで逮捕されてしまいます。じきに釈放されたものの、一九一九年、クプリーン一家はガッチナをあとにして、フィンランドを経てパリへと亡命。一九二〇年から十七年もの間、パリで過ごすことになりました。

このパリ時代に、クプリーンは多くの短編小説を書き残していますが、ほとんどが革命以前のロシアを描いたものでした。遠く離れた祖国への望郷の念は強く、いつしか筆は衰え、体調を崩すようになります。晩年の彼は、ロシアで死にたい、とたびたび周囲にこぼしていたといいます。

一九三七年、クプリーンはソヴィエト政府の要請に応えて、祖国に帰還。ソヴィエトの新聞は、亡命作家の帰還を華々しく書きたてましたが、クプリーンはすでに食道がんに冒されていました。翌一九三八年八月二十五日、衰弱した作家は、六十八歳の誕生日を待たずにこの世を去り、レニングラードのヴォルコヴォ墓地に埋葬されました。

クプリーンは数多くの作品を残しましたが、よく知られているのは、前述した代表作『決闘』、日本人スパイを描いた『ルイブニコフ二等大尉』、娼婦たちの生きざまを活写した『魔窟』など、批判的リアリズムを基調とした作品です。その一方で、彼は子ども向けの愛らしいお話を多く書いていました。

私が子どもの頃に祖母が読み聞かせてくれたのも、こうした子ども向けのお話です。ロシアでは、今もクプリーンのお話が子どもたちの間で読み継がれ、絵本にもなっているのですが、日本ではほとんど知られていないのではないでしょうか。日本の読者の皆さんに、クプリーンの知られざる一面をぜひご紹介したいと思い、数ある短編の中から選んだのが、本書に収めた十二の物語です。

これらの作品は、若き日の放浪時代、家族と穏やかに暮らしたガッチナ時代、祖国から遠く離れたパリ時代、と書かれた時期も場所も異なるものですが、その多くは作家自身の経験や実際に起きた出来事をもとにしたものです。虚実を織り交ぜて作品に昇華させるスタイルは、さまざまな職業体験と鋭い観察眼をもつクプリーンならではのものと言えるでしょう。

クプリーンは大の動物好きでした。単に可愛がるだけでなく、動物の本質を深く理解していた作家は、動物が登場する短編を数多く書き残しています。巻頭の『犬の幸せ』（一八九六年）もそのひとつで、野犬狩りにあった不運な犬たちの会話によって綴られます。この作品は、クプリーン二十六歳のときに書かれたものです。駆け出しの若き作家は、動物を支配し、意のままにしようとする人間たちを、犬たちの言葉を借りて批判してもいます。本作は、日本を代表するロシア文学者、米川正夫氏（一八九一～一九六五年）によって、『犬の幸福』と題して翻訳され、同名のロシア短編集（河出書房、昭和二十一年刊）に収められています。

『僕はサプサン』（一九一七年）も、犬を主役に据えたお話ですが、一転して人間と犬との友愛を綴った微笑ましいお話です。サプサンは、クプリーン一家がガッチナに住んでいた頃に飼っていた犬の名前です。本作はサプサンのモノローグによって構成されており、犬の目から見た人間たちの不可思議な行動がユーモラスに表現されています。メデリャン種という珍しい犬種で、賢く忠実なサプサンが、クプリーンはよほどお気に入りだったのでしょう。自分と一緒に写った写真を、親しかった作家ブーニンに贈っています。そこには、お世辞にも上手とは言えない字で「サプサン」とサインが記されていますが、これはクプリーンがサプサン自身に書かせたものだそうです。恐らく犬の前足の指にペンをはさんで、書かせたものでしょう。本書の巻頭に掲載したのは、この写真です。

『バルボスとジュリカ』（一八九七年）は、正反対の性格をもつ二匹の犬、野良犬のように気ままなバルボスと、おとなしい小型犬ジュリカの物語です。仲よしの二匹を待ち受ける結末は、あまりにも悲しいものですが、クプリーンは犬同士にも人間のような深い友愛の情があるということを、少年の目を通して描いています。作中、傷ついたジュリカに寄せるバルボスの悲痛な思いを、子どもたちが代弁して父親に訴えるくだりは、動物の心を理解しようとしない大人たちへの著者自身のメッセージとも読み取れます。

『猫のユーユー』（一九二五年）では、落ち着きのない娘ニーカに語って聞かせる趣向で、さまざまな動物の生態が生き生きと描かれます。犬、ガチョウ、馬、そして猫。どの動物についての記述にも、著者の並々ならぬ観察眼と溢れる愛情が感じとれることでしょう。特に猫のユーユーの描写は細やかで、仕草や表情が目に浮かぶようです。ユーユーは、クプリーンがパリ時代に飼っていた猫がモデルであり、作中で語られる病気の子どもと猫のエピソードは、次女クセーニヤが病床についていたときに実際にあった出来事に基づくものです。美しい毛並みをもち、賢く誇り高いユーユーは、クプリーンにとって大切な家族であり友であり同志でした。九年間をともに過ごし、不慮の死を遂げたユーユーを、作家はパリ北西の動物墓地に埋葬し、その後飼い始めた猫にも同じ名前をつけています。一九三七年にクプリーンが祖国に戻る際は、この二代目ユーユーも一緒でした。

『ゾウさんのお見舞い』（一九〇七年）は、病気の少女の望みをかなえるために、お父さんがサーカスにかけあって子ゾウを家に連れてくる、という愛らしい物語。作中の少女同様、気力も食欲もなくした長女リジアを元気づけるために書かれたものだそうです。放浪時代にサーカスで働いていたこともあるクプリーンは、いくつもの作品の中でサーカスを描いており、本作にも芸達者な動物たちが登場します。尚、本作は『象の病気見舞』と題して米川正夫氏によって翻訳され、前述の短編集『犬の幸福』に収められています。

『ピアノ弾きの少年』（一九〇〇年）は、ロシアの子どもたちにはお馴染みの作品です。ルドニェフ家の屋敷で開かれるクリスマス・パーティーに、ダンスの伴奏をするピアノ弾きとしてやってきたのは、まだ幼さの残る少年。いぶかる家族を前に、少年ユーリイは見事な演奏を披露してみせます。この作品で特筆すべきは、十九世紀末のモスクワに住む富裕層の暮らしぶりが、鮮やかに描かれていることです。クプリーンは、M・A・Z婦人なる人物から聞いた話を参考にし、さらにロシアの著名な作曲家・ピアニスト・指揮者であるアントン・ルビンシテイン（一八二九〜九四年）を登場させて、物語に膨らみをもたせています。

同様に『奇跡の医師』（一八九七年）も、クプリーン自ら取材した実話に基づき、実在した医師ニコライ・ピロゴフ（一八一〇〜八一年）をモデルにして書かれたものです。ここに描かれるのは、『ピアノ弾きの少年』のルドニェフ家とは対照的な貧困家庭に訪れたクリスマスの奇跡の物語です。借金と病気の子を抱えた家族をピロゴフが無償で救った、という実話がもとになっていますが、小説としての完成度を高めているのは、卓抜した情景描写です。幼い兄弟が凍えながら見入る食料品店の飾りつけ、貧しい一家が住む薄暗い地下室、奇跡の医師と遭遇する白銀の公園。どの場面も細部が際立ち、色や匂いまでが伝わってきます。

『哀れな王子さま』（一九〇九年）でも、富裕層と貧困層のクリスマスの対比が描かれますが、その語り口は終始、楽しげでユーモラス。お金持ちのお坊ちゃんであるダーニャが、かごの鳥のような生活にうんざりし、近所の「悪ガキ」たちの仲間に入って束の間の冒険を楽しむというお話です。ダーニャの夢は、パイロットになって冒険の旅に出ることなのですが、これは作者自身の願望でもありました。一九〇九年から翌年にかけて、クプリーンは自転車選手として活躍したセルゲイ・ウートキンとともに気球旅行に挑戦したり、レスラーでもあったイヴァン・ザイキンが操縦する飛行機に乗ったりと、当時まだ危険視されていた空の旅を自ら体験しています。

『青い星』（一九二七年）は、パリ時代に書かれたもので、一九二七年にパリで出版された短編小説集に『みにくい王女さま』という表題で収められ、のちに『青い星』に改題されています。祖国で発表されたのは、作家の死後二十年経った一九五八年のこと。全六巻のクプリーン全集に収められたのが最初でした。架空の国エルンを舞台にしたおとぎ話のような筋立てには、外見の美しさの基準は一律ではなく、心の美しさのほうが大切だという寓意が込められています。

同じくパリで書かれた『黄金の雄鶏』（一九二三年）は、パリ郊外で夏至の頃、明け方にいっせいに鳴き出した雄鶏たちの声を耳にしたときの感動を綴ったもので、これぞクプリーンと言うべき豊かな表現と美しい言葉に溢れた作品です。詩人バリモントは、偶然にもパリ郊外で同じように雄鶏の合唱に感銘を受けたことがあり、本作を読んで「心が震えた」と記し、「非凡にして意気高らかな語り口」と絶賛しています。

『百年に一度の花』（一八九五年）は、大きな温室に集められた植物たちの物語です。百年に一度（実際は数十年に一度）しか咲かないアオノリュウゼツラン（本書では百年蘭と訳出）は、みにくい姿から他の植物に嫌われているのですが、ある朝ついに開花の時を迎えます。作中、さまざまな植物が登場しますが、動物だけでなく植物にも造詣の深かったクプリーンは、それぞれの植物を細やかに描き分けるとともに、美しさを競う花たちに、いじめや傲慢さがはびこる人間社会を投影させています。

『幸福とは』（一九〇六年）は、哲学の究極のテーマである幸せとは何かを問う作品です。クプリーンがこの作品を書き始めたのは、日露戦争と第一次ロシア革命の混乱のただ中で、人々が先の見えない毎日に不安を抱いていた一九〇五年のこと。権力や富を手にしていても、「幸せとは何か？」と問い続ける作中の王の姿を、ロシア皇帝と重ね合わせて読むこともできるでしょう。

最後を締めくくる作品『生きるって』（一八九五年）には、「クリスマスのお話」という副題がつけられています。生きることのつらさを嘆いてばかりいる松の木と、生きる喜びを賛美するモミの木。両者に訪れるクリスマスの悲喜を描いた本作には、ロシア正教で罪のひとつとされる「憂鬱《ゆううつ》」を諌《いさ》め、人のために生きてこそ自らも生かされる、という教訓が込められています。また、森の四季が詩情豊かに描かれているのは、この作品が書かれた頃、作家がキエフ州ズベニゴロドの森林保護官を務める親族を通して、森の美しさや素晴らしさを教わったことと無縁ではないでしょう。

本書に収めたのは、クプリーンの数ある短編小説のうちのほんの一部に過ぎませんが、人も動物も植物も、生きるものすべてに愛情と関心を注いだ作家の人柄を、読者の皆さんにも感じとっていただけたのではないでしょうか。

最後になりましたが、共同翻訳者である親友の豊田菜穂子氏に、心より愛情と尊敬と感謝の念を表します。また、本書の翻訳にあたって惜しみないご協力とご助言をくださった尊敬する人生の先輩である植田和男さんと植田ミチさん、いつもご支援下さっている更家悠介さん、そして何度も年を越して遅々として進まぬ原稿を辛抱強くお待ちくださった群像社の島田進矢さんに、心から御礼申し上げます。

追記

本書の校正作業中だった二〇二〇年四月、前述した植田和男さんが、九〇歳で天に召されました。植田さんと初めてお会いしたのは、一九九八年のことでした。お若い頃、陸軍幼年学校でロシア語を学ばれ、早稲田大学でロシア語劇に出演されたこともある植田さんは、定年退職後、ロシア語の勉強を再開され、縁あって私のもとで豊田さんとともにロシア文学の読書会を始めるようになりました。本書も読書会の成果のひとつですが、クプリーンの情感溢れるロシア語を翻訳するにあたっては、美しい日本語表現に精通し、文化や歴史に造詣が深い植田さんに大いに助けられたものです。本書の完成を待たずに旅立たれた植田さんに、心からの感謝と追悼の意を込めて本書を捧げます。

二〇二〇年十月

クプリーン

（アレクサンドル・イヴァーノヴィチ）

1870－1938

ロシア中西部の小さな町に生まれたが、生後すぐに父が他界しモスクワの孤児院で成長。陸軍幼年学校に入り一度は軍務についたが退役後はさまざまな職業を体験、それをもとに市井の人々を描いた文章を書きはじめる。30代でペテルブルグに移り本格的な作家活動にはいり、社会の片すみで生きるものたちを描いた作品は高く評価された。革命後パリに移り作品を書き続けたが生活は困窮、病いと望郷の念にとらわれソ連の帰国奨励運動にのって1937年にモスクワに帰るが間もなく食道ガンのため死去。作家も大好きだった動物を主人公にした作品をはじめ子ども向けに書いたくさんの小品はロシアでは絵本にもなって今でも読み継がれている。邦訳に『ルイブニコフ二等大尉』（紙谷直樹訳、群像社）がある。

訳者

サブリナ・エレオノーラ

モスクワ大学付属東洋語大学卒。歴史学博士、通訳・翻訳家。横浜国立大学、東京外国語大学、千葉大学、東京音楽大学講師。NHK特集番組のロシア所蔵資料の研究取材担当。著書に『日本における正教150年－日本の正教会の歴史とその創設者ニコライ大主教』（AIQO XXI・ロシア社会研究協会21、モスクワ）など、訳書に『プロコフィエフ短編集』（群像社、共訳）がある。

豊田菜穂子（とよだ なほこ）

上智大学文学部新聞学科卒。フリーライター・翻訳家。雑誌、PR誌などの取材・執筆、翻訳に従事するかたわらロシア語を学び、ロシアの暮らしや文化を独自に研究取材。著書に『ロシアの正しい楽しみ方』（旅行人、共著）、『ダーチャですごす緑の週末～ロシアに学ぶ農ある暮らし』（WAVE出版）、訳書に『プロコフィエフ短編集』（群像社、共訳）、『夢の事典』（飛鳥新社）など。

群像社ライブラリー44
猫のユーユー　クプリーン短編選
2020年11月28日　初版第1刷発行

著　者　アレクサンドル・クプリーン
訳　者　サブリナ・エレオノーラ　豊田菜穂子

発行人　島田進矢
発行所　株式会社 群 像 社
神奈川県横浜市南区中里1-9-31 〒232-0063
電話／FAX　045-270-5889　郵便振替　00150-4-547777
ホームページ　http://gunzosha.com　Eメール　info@gunzosha.com
印刷・製本　モリモト印刷

カバー画　虎尾隆

Александр Куприн
Ю-ю;избранные рассказы

Aleksandr Kuprin
Yu-yu & short stories

ISBN978-4-910100-13-5

ルイブニコフ二等大尉　クプリーン短篇集

紙谷直機訳　ルイブニコフと名乗る日露戦争からの復員軍人。これは日本人スパイにちがいないとにらんだジャーナリストは、男のしっぽをつかもうと街を連れ回すが…。表題作ほか、死と日常の同居する生活の真の姿を描いた佳作四編をおさめた短篇集。

ISBN978-4-903619-20-0　1800円

プロコフィエフ短編集

サブリナ・エレオノーラ／豊田菜穂子 共訳　突然歩き始めるエッフェル塔、キノコ狩りの子どもと一緒に迷いこんだ地下王国…。ロシアを代表する作曲家が書いていた不思議な魅力にあふれた11編を日本で初めて紹介。日本滞在中の日記もおさめた「目で聞き耳で読む」世界！

ISBN978-4-903619-16-3　1800円

リ　ス　長編おとぎ話

アナトーリイ・キム　有賀祐子訳　獣の心にあふれた人間社会で森の小さな救い主リスは四人の美術学校生の魂に乗り移りながら、生と死、過去と未来、地上と宇宙の境目を越えた物語を愛する人にきかせる。バロック的な響きをもつ言葉が産みだす幻想的世界。

ISBN4-905821-49-5　1900円

はじめに財布が消えた…　現代ロシア短編集

ロシア文学翻訳グループ クーチカ訳　平凡な日常が急に様相を変え現実と虚構の境目が揺らぎだす…若手からベテラン作家、ロック歌手や医者など他ジャンルの書き手も集結してロシア文学の伝統に新時代の大胆な試みを合わせた17の短編が魅力的なモザイクを織りなす作品集。

ISBN978-4-910100-01-2　1800円

俺の職歴　ゾーシチェンコ作品集

ロシア文学翻訳グループ クーチカ訳　革命で激変した世の中で暮らす労働者や都会に流れ込んできた地方出身者は、つっぱって背伸びして生きていた。どこにでもいそうなドジなオジサンや奥様気取りのオバサン、そんなロシア庶民の日常を独特の語り口で描いた人気ユーモア作家の日本初の作品集。

ISBN978-4-903619-33-0　1500円

価格は税別

群像社の本

ブーニン作品集（全5巻）—刊行中—

第1巻 村／スホドール

「ロシアはどこまでいっても全部が村なんだよ…」 零落していく小貴族の地主屋敷で幼少期を送り、民衆の目線でロシアの地方の現実を見てきた作家が大きな変革期にはいっていくロシアの農村を描いた初期小説6作品と詩59編。（望月哲男・岩本和久・利府佳名子・坂内知子訳）

ISBN978-4-905821-91-5 2500円

第2巻 サンフランシスコから来た紳士（近刊）

収録作品＝夜の会話／ザハール・ヴォロビヨーフ／最後の逢い引き／号泣者イオアン／悪い草／街道脇で／兄弟／愛の文法／サンフランシスコから来た紳士／軽やかな息／チャンの夢／老　婆／終わりのとき／草刈る人々／変容（岩本和久・岩田貴・長井康平・坂内知子・望月哲男・越野剛訳）

2500円

第3巻 たゆたう春／夜

崩れ去っていく美しいロシア、時代の波に押し流されていく異郷のロシア人の姿を、美しい旋律を奏でる物語が包み込む。失われゆくものの残像を永遠に刻み込む円熟期の中短編集。ブーニン文学の到達点。（岩本和久・吉岡ゆき・橋本早苗・田辺佐保子・望月恒子・坂内知子訳）

ISBN4-905821-93-2 2300円

第4巻 アルセーニエフの人生

中部ロシアの古い貴族の家系に生まれ、田舎で育った幼年時代から詩人を志した青年時代までを亡命の地フランスから振り返る「私」。鋭い感受性と記憶力で自然の変化や人々の生死をつづり過ぎしロシアを心に刻む回想という芸術。（望月恒子訳）

ISBN978-4-905821-94-6 2500円

第5巻 呪われた日々／チェーホフのこと

ロシア社会を激変させた革命の渦中で作家としての生活を続けながら身の危険を感じつつ祖国を捨てる決心をするまで書き継いだ日記と、チェーホフの心の友として時を共有した日々の息づかいを伝えた貴重なエッセイ。自伝的覚書付き。（佐藤祥子・尾家順子・利府佳名子訳）

ISBN4-905821-95-9 2500円

価格は税別

シェニヤル村の子どもたち

エヴァ・リーシナ 作　後藤正憲訳　ロシアの中の小さな国の小さな村に空を見ながら夢中でお話をつくっているマリネという名の女の子がいました。母と兄と戦争から帰らなかった父の思い出と暮らすもうすぐ小学生の女の子が見たこと感じたことが幸せな思い出としてこの本のなかにつまっています。 ISBN978-4-903619-97-2　1650円

コロレンコ森はざわめく　ロシア民話不思議の不思議

金本源之助訳　うっそうとしたロシアの森のざわめきが人の心にひそむ魔物を呼び覚ます…チェーホフにも絶賛された名手コロレンコが描く森の伝説。笑えるロシア人から知恵あるロシア人まで、さまざまなロシア人の魂を映して語りつがれきた民話。子どもから大人まで楽しめ老練の名訳！　ISBN978-4-903619-12-5　1300円

裸の春　1938年のヴォルガ紀行

プリーシヴィン　太田正一訳　社会が一気に暗い時代へなだれこむそのとき、生き物に「血縁の熱いまなざし」を注ぎつづける作家がいた。雪どけの大洪水から必死に脱出し、厳しい冬からひかりの春へ命をつなごうとする動物たちの姿。自然観察の達人の戦前・戦中・戦後日記。
ISBN4-905821-67-3　1800円

カフカースのとりこ

トルストイ　青木明子訳　作家は自分で猟や農作業をしながら動植物の不思議な力に驚き、小さな世界でさまざまな発見をしていた。その体験をもとに書かれた自然の驚異をめぐる子供向けの短編の数々と、長年の戦地カフカース（コーカサス）での従軍体験をもとに書かれた中編を新訳。 ISBN978-4-903619-14-9　1000円

ソモフの妖怪物語

田辺佐保子訳　豊穣の国ウクライナでは広大な森の奥に、川や湖の水底に、さまざまな魔物が潜み、禿げ山では魔女が集まって夜の宴を開いていると信じられていた。そんな妖怪たちの姿をプーシキンやゴーゴリに先駆けて本格的に文学の世界に取り込んだロシア幻想文学の出発点。 ISBN978-4-903619-25-5　1000円

価格は税別

春の奔流　ウラル年代記①

マーミン＝シビリャーク　太田正一訳　ウラル山脈の山合いをぬって走る急流で春の雪どけ水を待って一気に川を下る小舟の輸送船団。年に一度の命をかけた大仕事に蟻のごとく群がり集まる数千人の人足たちの死と背中合わせの労働を描くロシア独自のルポルタージュ文学。ISBN4-905821-65-7　1800円

森　ウラル年代記②

マーミン＝シビリャーク　太田正一訳　ウラルでは鳥も獣も草木も、人も山も川もすべてがひとつの森をなして息づいている…。きびしい環境にさらされて生きる人々の生活を描いた短編四作とウラルの作家ならではのアジア的雰囲気の物語を二編おさめた大自然のエネルギーが生んだ文学。ISBN978-4-903619-39-2　1300円

オホーニャの眉　ウラル年代記③

マーミン＝シビリャーク　太田正一訳　正教のロシア、異端の分離派、自由の民カザーク、イスラーム…さまざまな人間が交わるウラル。プガチョーフの叛乱を背景に混血娘の愛と死が男たちの運命を翻弄する歴史小説と皇帝暗殺事件の後の暗い時代に呑み込まれていく家族を描いた短編。ISBN978-4-903619-48-4　1800円

はだしで大地を　アレクサンドル・ヤーシン作品集

太田正一 編訳　ロシア人が心のふるさとと感じる北ロシアに生まれて早くから詩人として認められ、戦後は国家主導の文学理論と相容れず大きなものの陰に隠れた小さな生きものたちの命を見つめた散文に精力を注いだ作家の日本初の詩的作品集。

ISBN978-4-903619-71-2　1000円

落日礼讃　ロシアの言葉をめぐる十章

カザケーヴィチ　太田正一訳　さりげない言葉の奥に広がる大小さまざまな物語や感性を、日本に住むロシアの詩人が無限の連想で織り上げていく。読めばいつしかロシアのふところ深くにいざなわれ、茫々とひろがる風景のなかにどっぷりとひたっている…。ロシアのイメージが変わる連作エッセイ。ISBN4-905821-96-7　2400円

価格は税別

森のロシア 野のロシア 母なる大地の地下水脈から

太田正一 茫々とひろがるユーラシア、その北の大地に生をうけた魂の軌跡をたどる連作エッセイ。水のごとく地霊のごとく、きわなき地平を遍歴する知られざるロシアの自然の歌い手たちの系譜をたどりながら描くロシアのなかのロシア！ ISBN978-4-903619-06-4 3000円

チェーホフの庭

小林清美 作家になっていなかったら園芸家になっていたでしょうと手紙に書いた「庭の人」チェーホフは丹精こめて育てた草木の先に何を見つめていたのだろうか。作家の庭を復活させた人びとのドラマをたどり、ゆかりの植物をめぐるエピソードを語る大きなロシアの小さな庭の本。 ISBN4-905821-97-5 1900円

風呂とペチカ ロシアの民衆文化

リピンスカヤ編 齋藤君子訳 ロシアの人はお風呂が大好き！ ペチカにもぐりこんだり風呂小屋で蒸気を浴びたりして汗をかきリフレッシュするロシアの風呂の健康法から風呂にまつわる妖怪や伝統儀式までを紹介する日本初の本格的ロシア風呂案内。
ISBN978-4-903619-08-8 2300円

ロシア絵画の旅 はじまりはトレチャコフ美術館

ポルドミンスキイ 尾家順子訳 世界の美術史のなかでも独自の輝きを放つロシアの絵画を集めたトレチャコフ美術館をめぐりながら代表的な絵と画家たちの世界をやさしく語る美術案内。ロシア絵画の豊かな水脈をたどり、芸術の国ロシアの美と感性を身近に堪能できる１冊。（モノクロ図版128点） ISBN978-4-903619-37-8 2200円

ロシアフォークロアの世界

伊東一郎編 古くから民衆のあいだで語りつがれ、歌いつがれてきた文化＝フォークロア。ロシアの文学者や音楽家にはかりしれない影響を与え、日本でもロシア民謡や民話として親しまれてきた表現豊かな民衆の想像力の魅力を第一線の専門家たちが多角的に紹介。
ISBN4-905821-30-4 2400円

価格は税別